U0635199

失去了爱人的自由.
就失去了整个自由.

伊蕾

伊蕾集
YILEI

伊蕾集

YILE

美好城邦

独身女人的卧室

伊蕾诗全集

THE COMPLETE POEMS OF YILEI

伊蕾 著　　朵渔 编

天津出版传媒集团

天津人民出版社

图书在版编目（CIP）数据

独身女人的卧室：伊蕾诗全集 / 伊蕾著；朵渔编 .

天津：天津人民出版社，2025.6. -- ISBN 978-7-201-

20773-5

Ⅰ . I227

中国国家版本馆 CIP 数据核字第 2024AA5932 号

独身女人的卧室：伊蕾诗全集

DUSHEN NÜREN DE WOSHI：YILEI SHI QUANJI

出　　版	天津人民出版社
出 版 人	刘锦泉
地　　址	天津市和平区西康路 35 号康岳大厦
邮政编码	300051
邮购电话	(022)23332469
电子信箱	reader@tjrmcbs.com

特约策划	美好城邦
责任编辑	伍绍东
装帧设计	美好城邦·玥瞳

印　　刷	天津市银博印刷集团有限公司
开　　本	787 毫米 × 1092 毫米　1/32
印　　张	19
字　　数	277 千字
配　　图	14 幅
版次印次	2025 年 6 月第 1 版　　2025 年 6 月第 1 次印刷
定　　价	88.00 元

版权所有 侵权必究

图书如出现印装质量问题，请致电联系调换 (022-23332469)

目 录

辑 二　独　身　女　人　的　卧　室　 ○
（1986—1987）

辑三 女性年龄 ○

（1988—1996）

辑 四 未 刊 稿 及 后 期 诗 作 ○
(1982—2010)

11. 我们去流浪

今夜旋律这样忧伤

走吧，我们去流浪

流浪的生活是自由的生活

流浪者的法律自由万岁

我们被释放

思想四下逃散

没有繁文缛节

纸币当成卫生纸

所有的道路我们任意选择

在任何一块土地

让我们同行同宿

《我们去流浪》 手稿

鸽子和海鸥

鸽子爱慕海鸥的勇敢，
托清风捎来痴情的信笺：
"我决定抛弃小小的花圃，
到海上做你的忠实侣伴！"

海鸥默默地想了很多，
随清风飞向鸽子的家园，
在一片美丽的花圃中，
鸽子和海鸥初次相见。

他们激动地手拉着手，
把心底的秘密倾谈，
海鸥抚着鸽子洁白的羽毛，
跳荡的心充满高尚的情感。

"小鸽子呀你纯洁又真诚，
可是你能否经住生活的考验？"
于是海鸥讲起海上的风雨
和战斗生活的重重艰险。

鸽子陷入痛苦的思考，
在美丽的花圃间低飞盘旋，
啊，这里的一切多么美好，
可它怎比我心中炽烈的爱恋？！

啊，早已渴望的勇猛的飞翔！
啊，志同道合的可敬的侣伴！
她毅然撕碎最后一丝迷惘，
扬首重站在海鸥的面前。

"海鸥，我的朋友和导师！
跟着你，我才永不孤单，
带我到大海上去吧，
一切，我都情愿！"

海鸥张开强健的翅膀，
把鸽子紧紧抱在胸前，
他们肩并肩腾空而起，
离开花圃，飞向海边……

1978 年 3 月 10 日

浪花与君

——啊君！你为什么闯到我面前？
带着灼热的呼吸！
让我润一润你发烫的唇，
让我润一润你燃烧的心。

——啊浪花！自由神的爱女，
你情深志远，奔腾不息，
在这生活的激流中，
我愿作你忠诚的伴侣！

——啊君！你纯洁晶莹胜那白玉，
你怎么能不知道啊，
我本是生活的汗水，
我要到咸味的大海里去。

——啊浪花！为我所爱而吃苦，
这正是我追求的幸福和甜蜜！
只恨我不是水做的骨肉，
不知怎样才能随你去？

君流着痛苦的眼泪，
泪水不尽地流啊流啊，
他终于完全变成了涛涛的泪水，
他与浪花汇在一起，再也难分离！

这净化了的感情呵纯洁又透明，
汹涌奔流直向大海去，
河底的太阳白云也被洗个净，
白云像纱裙，太阳像仙女。

大海上，乳白的浪花迷人爱，
谁人也不忍摘她去，
只因啊浪花是君的心上花，
情根深深连心底！

晶蓝的海水惹人醉，
谁人也不忍喝一滴，
只因啊海水里有浪花的骨肉情，
一丝一缕难分离！

1978 年 7 月 9 日

瀑 布

拖着洁白的衣裙，
我从山崖上飞泻，
我宁愿摔个玉碎，
照出这大千世界！

我若闺守在山崖，
就永远是冰是雪，
我今要一泻而下，
去寻我所爱的一切！

1979 年 4 月 4 日

贫贱者的旗帜

山区的杨树和柳树！
当有人面对血的教训，
自叹无用，以草木自比时，
我就想起了你们。

山区的杨树和柳树！
你们是最普通的树木，
却躯干直立，高与山齐！
——无用的人怎能和草木相比？！

奋勇向上，哪怕搅动惊雷，
被劈碎了，又迸出新绿，
仿佛天塌了要由你撑起！
——无用的人怎能和草木相比？！

山区的杨树和柳树啊——
贫贱者的旗帜擎在天里！

一切跪着的生命

快快站起!

1979 年 7 月,太行山区

我的紫茉莉

在每天散步的地方，
我种上一片紫茉莉，
当迷人的黄昏来临，
她们就睁开眼睛，
像一颗颗柔媚的星星。

紫茉莉，我的星星，
你为什么这样望着我？
在晚霞里无声地颤动，
向我吐露着深情，
你多像他那双黑眼睛。

紫茉莉，我的星星，
我有多少话要说给你听！
这一天生活的感受，
这一天思想的沸腾，
我都想说给你听！

1979 年 9 月 8 日

日夜飞翔的爱

一

是的，我曾经有过爱，
可那不过是梦幻的女郎，
她是由圣洁的渴望生成，
只因找不到所爱，
眼神里织满惆怅，
每日每夜在我心房里徘徊，
却不敢走出房门一步，
她怕那世间亵渎的目光。

自从我有了你，
这女郎才冲出心房，
她变成忠贞的信鸽，
从我心房飞到你心房，
又从你心房飞到我心房，
每日每夜在我们之间飞翔，

她又请爱神坐上她挽的车子①，

把我们的爱歌四海传唱。

二

如果有人用箭把鸽子射伤，

她会在死前忍痛把羽毛拔光，

每根羽毛都变成她的化身，

带着坚忍和蔑视继续飞翔！

我的爱永远像我的心灵，

每一次遇难都使她更加坚强！

三

如果有人用箭射下其中的一只，

要偷看情书把我们中伤，

他一个字也不会读懂，

因为那原是泪血染的图画！

若是丑陋的心也能理解，

我们还算得什么高尚？！

---

① 据希腊神话，爱神维纳斯的云车是用白鸽驾
驶的。——编者注

四

如果路人拾到鸽子失落的书信，

还没有看完就神色惊慌，

我们应抑住苦闷而报以微笑，

那是对我们最高的奖赏，

因为我们虽与他们同一社会，

却失了人人遵守的凡俗，

　　当他们争购着镀金的锁链，

　　我们已劫来了自由神的翅膀！

1979 年 12 月 9 日

美的发现

当情人虔诚地把我盛赞，
我怀疑他是在把我哄骗，
因为我从不知道自己的美，
竟如珍珠藏贝中，莹莹灿灿。

走在街上望着少男少女，
我想到他们个个也有情人，
他们也定有许多潜在的美，
正被虔诚的情人发现。

哦，每个人都是一个美的谜，
世上有多少美隐蔽于平凡，
只有爱的眼睛能把它发现，
谁发现了，谁就找到幸福无边！

1979 年 12 月 10 日

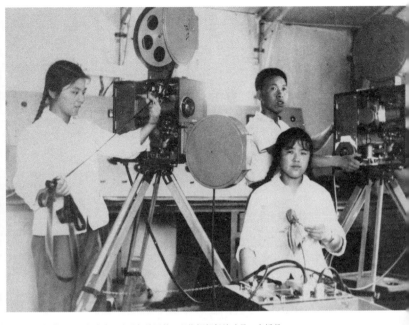

1972 年，伊蕾（右一）在中国人民解放军某工程指挥部任放映员、广播员

爱人呀

在依山的滏阳河畔，
我收到你亲裁的素白信笺……
　　爱人呀！你是水，
　　把我焦渴的生命浸入怀抱，
　　我重又享受婴童时乳汁的甘甜。

在佳节的卧室里，
我收到你与学生们合影的照片……
　　爱人呀！你是空气，
　　把我沉闷的呼吸畅通，
　　漾满我生活的每一寸空间。

在盛秋的晚霞里，
我和你在古城的小车站相见……
　　爱人呀！你是火，
　　把我孤独的感情烧着，
　　日夜发出五颜六色的光焰。

在银幕的彩光里，

我颤抖的手指任你吻遍……

  爱人呀！你是雷，

  把我寂寞的心灵震撼，

  使我做着什么都激动不安。

在医院的白床上，

你讲起农场半生历尽的磨难……

  爱人呀！你是星，

  与我圣洁的信念光辉相印，

  天上地下我永走在你身边！

      1980 年 6 月，江西德兴

姑娘，为什么你像块礁石

姑娘，为什么你像块礁石，
整整三夜，在海边静坐？
任黑色的大海向你涌来，
海潮的呼啸从头顶滚过。

——姑娘，你是在……想？！
你……想什么？
你为什么不白天到来，
观海，洗浴，拣贝壳？

你的回答
竟震破了我的伤口
——我曾在黑暗中死去，
必须回到黑暗中思索！

1980 年 8 月，北戴河

一曲自由的歌

黄昏中，一个少女跑向大海，
美丽的卷发飘动在肩窝，
她把行装往沙滩上一甩，
合衣就飞进了汹涌的浪波。
她以痛快的自由式游向远方，
手臂划水像迎空展翅的天鹅……

她上岸了，却赤着一只脚，
索性把另一只鞋子脱下，
远远地抛向深蓝的海波：
"把这一只也献给大海吧！"
她笑着，衣裙和头发水光闪烁，
忽然，两颗泪珠无声地滚落……

她提起行装去找旅社了，
从纷纭的目光中唱着歌走过，
她是歌唱大海辽阔的生活！

沙滩上踩一串湿淋淋的脚窝，

像五线谱上列队的小蝌蚪，

与她合唱着一曲自由的歌！

1980 年 8 月，北戴河

要我待到何时呀，爱人

要我待到何时呀，爱人？
无论我走到哪里，
苦苦的思恋紧把我追寻。

秋花的原野上藤蔓儿还嫩，
却何样的折磨中失落了童心？
一簇连一簇似缕缕的苍发，
两三黄叶儿若悠悠的泪痕。
哦，无论我走到哪里，
苦苦的思恋紧把我追寻。

高高的青山上风摇松林，
枝丫若手臂齐伸向自由的天穹，
松枝！快飞去化成一千座小桥，
导引回我的爱人！
哦，无论我走到哪里，
苦苦的思恋紧把我追寻。

太阳缓缓打开金殿的大门，
选了几朵金花为我插在发鬘；
爱人！我闻见了你的香魂，
太阳可是你派来的使臣？
哦，无论我走到哪里，
苦苦的思恋紧把我追寻。

要我待到何时呀，爱人？
无论我走到哪里，
苦苦的思恋紧把我追寻呀！

1980 年 11 月 21 日

苍岩山小夜曲

伴我们走进山谷之夜的
是寒号鸟一声声的叫唤，
你在哪儿，孤独的歌者？
你可愿做我们小小的伙伴？

红色的岩石上我们铺满花草，
回首山门，正被云封雾漫，
苍岩，用粗布样温暖的夜幕，
把我们年青的风韵遮掩。
那最后下山的上香人哟，
把我们当成了三个卧仙。

伴我们娓娓倾谈的
是寒号鸟一声声的叫唤，
我们曾失落的一百种形象，
在这幽怨的歌声里再现。
望石阶云梯若飞瀑直落九天，

失落了一切我们仍拥有大地！
互相嘲笑昨天那懦弱的念头吧，
以勇敢的自白彼此预告明天。
呵！当我们与友爱近在咫尺，
悲哀和绝望便逃之遥远。

古老的白檀簌簌地响，
寒号鸟呵，且听我们为你吟唱，
啊！我们是白檀制成的三件乐器，
三重奏在山谷里袅袅回旋。

1981 年谷雨，苍岩山

你知道，我为什么丢失了我的凉帽

在碧绿的小树丛，
你知道，我为什么
丢失了我的凉帽……
你的话像一个完美的世界，
我不再还有其他的需要。
炽热的太阳在树枝上燃烧，
我看它像冬日宜人的炉灶，
斜望着它的红色的火焰，
醉倒在梦的温柔的怀抱。
有了你在我身旁，
一切都像这凉帽，
被我轻易地忘掉。

走向树丛的深处，
那凉帽，依在石上，
它可曾把我嘲笑？
你的话带走了我的灵魂，

我一切的感觉跟着你去了，
炽热的太阳在树枝上燃烧，
我看它像暗夜你手中的火把，
孤独寂寞和迷途的恐惧，
一齐消失在光明的小道。
跟了你一同前去，
一切都像这凉帽，
被我轻易地忘掉。

1981 年 8 月 19 日

痛苦的礼物

多么想使你快乐，朋友，
而我捧献给你的，
只有这痛苦的礼物。

我不会用慰藉的谎言编织花篮，
我不会用自陶的歌儿捆扎花束，
不会把纷纭如落霞的情思
从眼睛的湖泊里抹去，
不会把多刺如荆芒的记忆
从语言的大海里滤出。

多么想不再困扰你，朋友，
而我捧献给你的，
只有这痛苦的礼物。

为何要费尽心机毁灭这痛苦？
我真实的声音在其中倾注，

如果理解了爱的全部价值，
这痛苦，更是收获的幸福！
所以，请接受吧，朋友，
接受我这痛苦的礼物。

1981 年 8 月 21 日

来吧，命运的重复

来吧，命运的重复，
我迎接一切！

像雨后残花再遭骤雨，
来吧，命运的重复，
我的根儿还没有腐烂！
迎接你，我用被你打落的断枝，
编成套在你颈上的花环。

像箭下伤鸟再遭冷箭，
来吧，命运的重复，
我的翅膀还没有折断！
迎接你，我用被你射穿的红羽，
编成戴在你头上的桂冠。
来吧，命运的重复，
我是铁，在火刑中百炼！

1981 年 8 月 21 日

相遇是这样简单

相遇是这样简单，
两个命运的相遇。
像风中聚会的两片云，
像雷中交融的两滴热雨。

呵，我们就是两片灿云，
把艰难的跋涉共同承担！
我们就是两滴秋雨，
把执着的追求汇在一起！

1981 年 8 月 21 日

爱的畏惧

我怕！正是因为
你爱我，像爱你浓黑的头发；
天长日久，头发渐长，
你就会感到她的多余，
心安理得地把她剪下。

我怕！正是因为
你爱我，像爱你洁白的绢子；
一旦你在上面作画，
就把白绢当成陪衬，
只把你的杰作当作珍宝无价。

我怕！正是因为
你爱我，像爱一朵秋花；
有一天你走进灿烂的花园，
就会感到了它的平淡，
丢在地上任风雨践踏。

我怕！正是因为
你爱我，像爱夜晚的小路；
当晨曦一缕缕从树叶间洒下，
你就会畏惧这众多的目光，
悄悄地转身离开她。

啊，不！不！……
就让头发快乐地生长吧！
就让绢子呈现美妙的画吧！
就让花园在眼前盛开吧！
就让晨曦照上我们的脸吧！
我的爱哟，不管前面等待着什么，
她永远无法把脚步停下！

1981 年 8 月 25 日

让我们上山

让我们上山！
让我们上山！
何必等待秋霜，
谁去等待那秋霜？！
你就是红叶，
把大山点燃！

焚尽了天地的容颜，
焚尽了你我的衣衫。
只剩下两颗心，
在火中奔走、跳荡。
那样兴奋不安，
何等的兴奋不安。
让我们上山，
让我们上山！

1981 年 9 月 8 日

泰 山

黧色战马上渴望驰骋的骑士，
黑炭般欲燃的目光扫过东方平原。
华夏的永不忘本的子孙，
暮色里瞭望如金带闪耀的黄河，
夜光中高高举起的头颅，
凝眸翘望那壮烈的日出。
冷峻的目光不曾低下，
也没有东方男儿的温柔，
胸中却集聚着渴望交给火的煤，
不朽的金，
和热烈地寻觅知音的磁石。

呵，长空落下的孤独的星体，
旗帜入云的自主的岛国，
乘风破浪的英勇的船舰，
与地球同速飞翔的苍鹰，
云擦脸，雨洗足，呼叫着自由！

泰山啊——

你以狂放的美征服了人们不驯的爱!

你使一切地处卑微者感到自身的庄严!

1981 年 9 月,泰山

海

是被谁捆缚在大地上？
每一块肌肉都在翻滚，
爆发出自由的歌唱！

1981 年 12 月 14 日

你以为……

你以为雷电能击碎大海吗？
你以为有什么能破坏她的完整吗？
你以为一顿雨鞭竟能让她热烈的浪涛有稍许的
　冷静吗？
纵然在爆炸的瞬间那星粉身碎骨从此坠落尘埃，
纵然她再不能旋转，不能发光，流浪的自由也从天空
　失去，
你以为当她变成碎片就结束了追寻吗？

你以为电闪能撕裂乌云，撕裂天空，便也能撕裂追寻的
　完整吗？
你以为雷霆能击碎大树，击碎山崖，便也能击碎追寻吗？
你以为雨鞭能让激流颤抖，让生灵退避，
便也能让热烈的追寻有稍许的冷静吗？
纵使那星落到一个没有人问津的荒岛，
纵使一百年一万年没有谁能和她交谈，
好奇的顽童也不屑于抚摸她，

那，于追寻又有何妨？！
追寻完全是灵魂的事情，
又有谁能阻挡住灵魂的飞翔？！

（我将永远憎恨你给我——怜悯！）

1981 年 12 月 14 日，收读 M 诗后

花香，弥漫在环境里

花香怎么会在她精心雕刻的花瓶里呢？
情愫怎么会在她苦心裁剪的语言里呢？

花香是弥漫在环境里，
她萦绕着你，熏陶着你，
让你感受她所蕴藏的一切。

情愫是震荡在伴音里，
她冲击着你，携带着你，
让你联想她该告诉你的一切。

1981 年 12 月 15 日

爱

给别人越多，
剩余的越多，
既然能够互相给予，
我们为什么吝啬？！

友 谊

忘河！你在哪儿？
让我把你的水喝干吧！
——我又怎能遗忘？！

忘河！你在哪一个陌生的国度？
你在地球的哪个角落？
让我把你的水喝干吧！
或者你把我淹没，
——我又怎能遗忘？！

忘河！你冰冷的粼光在哪儿？
你如蛇的波浪在哪儿？
让我把你的水喝干吧！
或者你把我吞食，
——我又怎能遗忘？！

1981 年 12 月 26 日

问 海

大海！你这花开盛时的梨园，

你这大雪狂舞的平川，

你这车马啸啸的列阵，

你这躁动的岩浆鼎沸的群峦，

  为什么你永是这样地亢奋？

  为什么你就没有那寂寞？

  （这幸福之秘诀呵！）

告诉我吧！……

1982 年 4 月

大海的儿子

大海！我踏着你咸味的浪涛来了，

我是你的一个赤贫的儿子，

只有苍乱的黑发一蓬，

匆忙中装饰些闪亮的水珠；

只有隐不住皱纹的宽额，

镶镀着暂借的太阳的七彩。

大海！我是你的赤贫的儿子，

只有紫黑的肩头伏在你膝下，

承受你淋漓的爱的泪滴，

只有粗糙的手掌迎着你的抚摸，

掩护着几处深深的创痕。

大海！我是你的赤贫的儿子，

我唯一的财产就是对你的爱呀！

我为你建造的爱的大厦，

百级的海震也难以摇撼；

我为你雕成的爱的塑像，

千年的海蚀也难以改颜；

大海！我唯一的财产就是对你的爱呀，

我为你栽起的爱的鲜花，

美过那绮丽的珊瑚；

我为你垒铸的爱的高山，

高过那万丈的海岭。

大海！因了对你的爱我始终在辛劳，

请用你穿透风雨的目光认清我吧——

苍乱的黑发是为你开采的乌金！

微皱的宽额是为你耕耘的沃野！

紫黑的肩头是为你修造的坚桥！

粗糙的手掌是为你制作的银锨！

大海！因了对你的爱我始终在辛劳，

今天我带了这创造的一切来见你，

明天，我要继续地继续地为你辛劳；

大海！你的赤贫的儿子扑向你扑向你，

请你把你忠实的儿子拥抱吧，大海！

1982 年 4 月 10 日

海岭的自拔

为何我要隐没海底？！
为何我要如此羞惭？！
我同三山五岳一样地伟岸，
为何我甘为沉鱼落雁？！
　　开始！开始我的自拔……

我是多么地想往阳光，
想往结识真正可称为人的伙伴，
我要把宇宙所有的疆域纵览，
我要做足踏在地上的高山！
　　开始！开始我的自拔……

（即使需要几万年！
即使需要几亿年！）

1982 年 4 月 20 日

海 岛

没有帆，没有桨，
霍霍的波涛是永远的围墙，
啊！一个被囚禁者哟。

抬头：宇宙无限！哦，
失却前后左右，还有——上！
啊！一个被释放者哟。

1982 年 4 月 22 日

海的捕获

海滩上铺晾着巨大的渔网，
我赤脚踩在那密密的网格，
　　海呀！你便是一张无垠的巨网，
　　把我捕获，
　　不得逃脱。

我欲变成那乱枝的海萝，
那礁石上的紫色的海萝，
　　海呀！我永是呼吸在你的怀中，
　　感时交流纷乱的思绪，
　　悦时同你喁喁地唱合。

我欲变成那不眠的小舟，
那远海里挑灯打鱼的小舟，
　　海呀！我永是颠簸在你的浪窝，
　　弃别了大地沉沉的宓夜，
　　刻刻捕捉着激荡的生活。

我欲变成那中选的海贝，

那撕裂躯体培育珍珠的海贝，

　　海呀！我为你献身而充满快乐，

　　活着为你的富饶默默含辛，

　　死后永为你唱着彩色的歌。

海滩上铺晾着巨大的渔网，

我赤脚踩在那密密的网格，

　　海呀！你便是一张无垠的巨网，

　　把我捕获，

　　不得逃脱。

　　　　　　　　　　1982 年 4 月

两个求乞者

呵呵，我是一个求乞者，
我以沉默求乞，
得到的也是沉默，
呵呵，我是一个求乞者。

我以尖刻的挑剔求乞，
我以不留情的解剖求乞，
我以固执、拒不低头求乞，
我以我痛苦无奈的决断求乞。

于是，你以相同的残酷回报我，
为了保持你被蔑视的尊严，
其实你不也是一个
以报复求乞的求乞者？！

为什么你把自己看作奴隶？
——当我把你尊为君王；

呵，赐给我所求乞的吧，

你这愚蠢的人！

1982 年 4 月 29 日

绿树对暴风雨的迎接

千条万条的狂莽的手臂啊，
纵然你是必给我损伤的鞭子，
我又怎能不昂首迎接你？！
迎接你，即使遍体绿叶碎为尘泥！
与其完好无损地困守孤寂，
莫如绽破些伤口敞向广宇。

千声万声的急骤的嘶鸣啊，
纵然你是必给我震悚的蹄踏，
我又怎能不昂首迎接你？！
迎接你，即使遍体绿叶碎为尘泥！
与其枯萎时默默地飘零，
莫如青春时轰轰烈烈地给你。

1982 年 7 月 30 日

火 焰

序曲：痛苦的手臂伸向天空，

　　　天空啊！你可知道我的所要？

我是无伴奏的天鹅之死！

我是为献身于所爱而跌落的太阳！

我是向着如梦的天宇奔跑的海面！

我是波涛横流、掩了堤岸的曲江！

　　　啊啊！请来，来赏我这纷纭繁茂的灵魂的曲线哟……

我是倏忽崩断、满天横飞的一百根琴弦！

我是冬霜里挣扎着复活的一千根柳枝！

我是走向远方的坎坷交叉的一万条曲巷！

我是大风雪里飞扬而起的理还乱的长发！

　　　啊啊！请来，来解我这感人涕零的生活的曲线图哟……

噢，我是红豆树，被苦痛的相思摇撼！

我是红岩，已被宣泄的渴望烧熔！

我是漫野里被风吹动的卑贱的红高粱！

　　荒坡上贫困却顽强的紫荆！

　　茎儿蔓生的渺小的赤豆！

　　　　向着天空——

我举起无忌的粗豪大笔纵横涂抹，

激情就是我千变万化的颜色，

我塑造的形象都是这样跃动不安，

像有爆炸式的话语要即刻诉说。

锁链，不能束缚我，

——我是看得见却毁不了的落红之魂！

灾难，不能吞噬我，

——我是赤乌①，本身就是吉祥！

（迎风直上，

迎风直上）

尾声：我的执拗的伸向天空的万千手臂呵，刀砍

　　　——不断！

1982 年，霜降时节

―――――――――――――――――

① 赤乌：古代传说中的瑞鸟。

复 G 的信

或许我真该顺从了你
你的道理像猎户星一样机警放光
像五色土一样现实而永恒
可是，当我被你说服了
我发现我是被捆缚了
于是我不可遏止的热情翻卷起来
冲毁了一切
只剩下我全部直觉的总和
呵，物质的我是羔羊
被激情的鞭子所驱策
一万种教义像云朵的碎片
我无法将它们组合
而我的夜梦和昼梦
却像吸引着我的大地
在脚下连成无尽的流浪之王国
呵，我流浪
荆棘陌野里我找不到路径
——快请燃起你崭新的

　　科学思想的火炬吧

莫看我形容憔悴

即使干柴一蓬

凋落了青枝绿叶

却集聚着强壮的生命之火

——快请发出你心头

　　最强悍的呼唤吧

我就在你的足畔

是岩浆

不能应答，负着重荷

却在聆听着你，追逐着你

时刻准备着突破

1982 年 10 月

深秋的乡野：红与黄

梨树和苹果树所有的肥厚的叶子竟然已是
　玫瑰色的深红
——呵，这喀迈拉①喷出的奇异的火焰

小草儿红得更亮更鲜
像是刚从南方回归的遍野的红色的小鸟
讨论着，争辩着，反问着，唧唧喳喳

嫩黄嫩黄的钻天杨哟
呵！这冲动的颜色，不安的颜色
这癫狂的蔑视着天宇的颜色啊
她令那眯着眼假寐的蓝色的阳光
那水已污浊仍在哼唱的潮白河
那蹒跚地追逐着小猪儿的憨笑的老汉
以及那自足的咩咩叫着的午餐后的白羊群
　都为之震颤
呵呵，这忘了禁忌、忘了时节的

---

① 喀迈拉：希腊神话中喷火的魔怪。

忘了那身后正派的命定的追逐者的
忘了尊严、忘了羞辱、忘了功利的
怀着美丽勇敢的梦幻般的意识
痴痴地唤着春天的
迎——春——花
……乱开在长天

1982 年 10 月 31 日

即使埋葬千年

不止一次地给我，
而又全部地夺走，
让我空留在爱的圣殿。
那圣殿因孤寂而荒凉，
宛若华丽的墓穴。
　　即使埋葬千年，
　　我是古莲子，
　　那一天终能开花。

1982 年 11 月 12 日

柳

一

……柔软
每根枝条都过于柔软
甚至，当猥亵的手
      逼近
周身却找不到自卫的武器

二

离去么
再贫瘠的荒野
      我也能扎根
然而面对这场灵魂的近战
我却放弃了
      夺取胜券的权利
对于生活，无疑的
      这是一次可耻的退却

三

悔恨么？也许……
为了什么
焦渴已极的生命
　　　甚至来不及选择
　　　一块洁净的土地

密密的柳叶眉下
眼睛
　　　在哪里？

四

就这样，我
　　　站着
风狂雨猛
　　　形象扭弯
然而，我一次次
　　　将被按倒的头
　　　抬起
因为我骄傲，我的心
　　　没有邪念

五

新生的，一寸寸
仍是柔的柳枝
　　弱的柳枝
我永不想制造
　　武器
因为我相信
我没有对手
　　我的敌人
　　是我自己

六

强悍的风
　　本不配是我的对手
它只能损毁我的容颜
而我的力量
　　是埋在生命的根底

七

我死了——假使

雪片像匿名信

　　铺天盖地，把我吞没

冬风像流言

　　吼叫着，咬断了

　　我的脖颈

然而，不必追悼

　　挽歌休已

我的生命是一百次

　　一千次

八

用新绿掩埋掉

　　一身的点点伤口

用绿荫报答

容受了我、养育了我的

这块土地

1982 年 12 月 29 日

浪花致大海

其一

我的爱，赤裸着身体，
镶在你蓝色的旗帜上，
　　　不要企图把我遮掩吧！

我本是你的另一半，
你身上的任何一种元素，
也同时属于我，
自从相会的那一刻，
你我就不可能再分离，
　　　不要企图解开这生命的结吧！

对于我，你不可能再有什么秘密，
我在你心曲的世界里穿行，
畅通无阻，
你的散发着哲理的幽密的气息攫住了我，
我整个的心扣着你的呼吸而跳荡，

我知道了，只要你存在，

我就只有追随，

　　　　不要企图与我平衡距离吧！

也许，你永不能说出那一个字，

追求，就是我幸福的全部日程，

——我仍然满足了，

　　　　在希望闪烁的波峰

　　　　和希望铺满的浪谷间，

　　　　跌宕着，追求，

——这永远热烈永远新鲜的形态啊！

时间，不能给她刻上皱纹，

我的追求像阳光——永不褪色，

　　　　不要企图到死亡里去寻找她吧！

其二

大海！

世上有一万种爱的方式，

——我，该怎样爱你，

浓云汇聚而来，

压在你的头顶，
海岸，用理直气壮的手臂
紧箍着你（没有对话）；
岛屿庄重，礁石俏丽，
却以守为攻
各自展开持久的阻击。

假如这些也可以称为爱，
我宁愿失去爱的权利！

我爱你，我就
　　　给你
　　　　　自由
（这人世间的爱的真谛呀！）

假使有一天，
你的热情消退，
我将在你面前悄然离去，
然而，原谅我的等待吧，
等待那风，举起透明的火炬，
重新点燃你！

那时，我会突然又站在你面前，
你会发现，我原是一直留在
　　你的心底。

其三

拯救了我的，是你澎湃的热情，
我从金刚石般的沉默中苏醒，
当我醒来，我又恐惧着，
我看到我成了你的热情的俘虏。
没有你的热情，
我唱不出任何哪怕最弱的歌，
没有你的热情，
即使最粗劣的线条我也无法描画，
离开你的热情，我就即刻凋谢，
离开你的热情，我就支离破碎，
离开你的热情，我就化为乌有。

你的超乎万物之上的狂热，
压抑无效，腾跃不息的狂热，
这痴情的火山，灵感的火山，

野性的火山，热情的火山啊，

我是必由你蕴藏，

由你呈现的岩浆，

我的生命的花，

只能在你的胸前开放。

其四

每时每刻，

你以不息的狂涛冲击我，煽动我去创造奇迹；

每时每刻，

我创造的形象照射你，启迪你，促引你新的爆发力。

——就这样，我们不停地从对方产生出来，

又不停地合二为一，

壮大着、丰富着我们自己。

我是你的导师，

又是你的门徒，

我登上晶亮的宝座训诫你，

随即又满含羞愧，拜倒在你的脚底。

我从你怀里粗暴地夺取，

一忽，又温柔地全部还给你；

潮声吼啸，你又在痛责我的荒唐么？

是几时，你又不得不驯顺地赞美这荒唐的魅力。

——互相崇拜，又互相批判，

两个生命像两股绳，

越来越紧地扭结在一起！

1983 年 2 月初

离

就这样，以你的平静的函复结束了热情
昨天你还如野火追逐着我
今天已是青苔一样的冷

纵然珠泪横流，心在哀痛
对于失去，我不曾低下头颅
让我的眼睛正视这一切吧
因着对于那个目标的热恋我不会绝望
恨的是，不能当面道一声永别

呵，那大风沙呢？
那草原上的遮天蔽日的风沙呢？
那吹得思绪飞驰狂舞的风沙呢？
那敲响了我的心之门的风沙呢？
那如雄浑的男中音一样向着地平线、向着
　　伊人高唱的风沙呢？
……

静谧的气息守候着每一个生命的细胞
我再不能将你诱走

走去吧
既然你不想回一回头
我多么想再望一望你的眼睛
那眼睛，像一双永久永久的路
一双深深的隧道
我们跋涉，我们开掘
曾经并肩而行

走去吧
既然你不愿回一回头
愧的是我没有足够的力量吸引你
（甚至没有一双漂亮的眼睛）
——而我的心，将时刻瞩目天空
期待着那一双鹰的
　　　翅膀

1983 年 4 月

黄昏星

黄昏星，像
一把金光闪闪的刀子
分割了白天与黑夜
　　　我，从分界线上站起来
　　　仰望着你
　　　在没有桑葚的桑树下

白天和黑夜都未能收留我——
正如初恋的热土已长满陌生的花
爱人的坟墓也不能开启
就这样，在这白天与黑夜的分界线上
在我这没有土地的地界上
这没有庭园的围栅前
我日复日、年复年
　　　执拗地伫立
为什么你竟能找来
而且，当你沉默着走到我面前

为什么，我竟然决定
离开扼守的防线
跟你去？！

1983 年仲夏

在"孤岛"上

是杂草的小路引我们
走上这"孤岛"
这突兀而立的巉岩
虽然日光还没有褪尽
　　　宽恕我吧
双臂顾不得我的禁止
攀向你的颈
像崖边疯长的藤葛
抑不住生命力的旺盛

我已不愿再往前走
这"孤岛"就是最美的风景
任时间的潮水在它四周涨满
任它像石舟在潮水中飘零或者沉没
　　　宽恕我吧
双足踩灭了我的顾忌
在这里生根

像无法自由选择土地的种子
被爱神种下

忘情地站立着吧，在这"孤岛"上
即使全世界的眼睛向这里瞥望
我是一面黄皮肤的旗帜
渴望在北温带的天空下飘扬
　　宽恕我吧
为着我的心是如此单纯
没有任何即使正当的奢想
只求你允我这样忘我地
站在这个位置上

1983 年 6 月

在我流浪的路上

在我流浪的路上
是你的沉默伸出手
握住了我冰冷的思索
是你的忧郁凝视我
长久地长久地凝视
望穿了我的悲哀，我再不能解脱

现在，携着我
走进你的无声神秘世界吧
（多么好，你的无声无名！）
像走进岩浆密会的地心
走进月球背面的布鲁诺环形山
走进十八公里以上的暗紫色的天厅
在那块黛色的低云上
我坐下来
听你弹奏吉他

哦，你的灿烂的忧郁之盒

在这乐声中开启了尘封

它的迷离的彩光涂满了威严的天际

威严的天际变得柔密多情

……从岑寂的草野里走来的是童话里那只灰狼么

它也被忧郁之光笼罩了

眨着温和的眼睛

而我的眼睛像一双小舟

在你忧郁的海洋里沉醉了

　　迷失了归程

1983 年 6 月

闪 电

目光相触的刹那迸发的奇光
被热情烧弯的宝剑

一支金色的发簪插在乌黑的云鬓上
天空张开的闪亮的嘴唇向着大地倾诉
从心灵的惊涛里起飞了，这勇敢的鹰
一束鲜黄的迎春怒放在天庭

骤然间，一座云山被劈成两半
　　　中间是一道燃烧的鸿沟
砰然倒下的七叶树的高大的躯干
　　　在它倒下的大地上发出隆隆的回声
勇敢的鹰哪里去了
　　　只剩一根闪闪的羽毛在空中飘零

长久的沉默后突然唱出的颤抖的歌
漫漫的期待后突然而至的长长的信笺

命运之神举起的尖锐的金针
　　要缝补那破碎了的吗
这座弯弯折折的金灿灿的桥
　　要架在今天与明天之间吗

　　　　　　　　1984 年 4 月 11 日

给 海

你的心底定有一把大火在烧，
看你周身翻滚着不息的热潮，
　　请你借我一束火焰，
　　我要像你，把热情点燃。

岁月的风尘未能把你践踏，
你一年四季开着纯洁的白花，
　　请你送我一粒花种，
　　我要像你，保持这难得的节风。

你一定深藏着不老的灵药，
华年逝去，你仍跳着青春的舞蹈，
　　请你给我灵药一颗，
　　我要像你，让年轻的心复活。

为什么你苦涩的波里，

飞出的却是高亢的歌?

　　　请你把我认真地训教,

　　　我也要唱出欢乐的腔调。

　　　　　　　　　　1984 年 4 月 23 日

四月的旅程

四月的黄昏的原野上
我走着，孤独地
一道辉煌的光束射到我脚下
是你的目光
把我笼罩
我双眼迷离，被光束所引导
蹒跚地奔跑
当我抬起头来
我已来到你的胸前

湿润的田野上
开始印起两双两双的脚印
当我们开始第一次对话
你的颤动的手指却在
那块自由的云上
写下一行沉重的字
那云，化作一场沉重的雨

打湿了我心中的蓝图

脚下，变成泥泞

你伸出手臂把我搀扶

那强健的曲线

一直刺进我无望的深渊

我自持不住地大笑了

笑声震碎了阳光

像金色的落叶纷纷飘撒

"四月是最残忍的月份"①

花蕾鼓满了热情却未有开放

小草吃力地挣扎着

要抬起绿色的头

远处的山，那不等边的三角形

被镶在紫色的镜框里

高耸的白杨张着千百双唇

却没有语言

为什么你也沉默着

你这灌满血液的岩石

我要把坚强的根

---

① 引自艾略特的《荒原》。——编者注

扎在你上面
然而不要为我溶化或者粉碎吧
你该是高高地站立在
这块土地上

起风了，风吹起
云的头发，柳的头发，河的头发
云用手指缓慢地打着哑语
柳在天空上写着无形的字
河唱着没有歌词的歌曲
我相信你也看懂了、听懂了
关于该走向哪里

太阳走完了它光明的路程
在地平线上频频回首
让我作一颗太阳吧
一万次的分别，又
一万次的见到你

1984 年 5 月 6 日

我们走过的那片草地

我们走过那片草地，
绿色的思念永远地铺在那里。

多少生活的脚印把它踩踏，
上面留下了新的足迹，
惶惑中，我等来了
夏天的雨，
把这草地重新清洗。

草地！当冬风掳去你鲜艳的容额，
你憔悴、忧郁，
可我从没有相信过
你会死去。
痛苦中，我等来了
春天的太阳洒下的无数金针，
草地！你又重新苏醒，
自信地站起。

我们走过的那片草地，

绿色的思念永远地铺在那里。

1984 年 5 月 14 日

在陌生的铁桥畔

你竟如此突兀地
耸峙在我的眸子里
在这段陌生的河流上
在这层昏黄的灯光底

我从没有见过你
却顿觉你的眉目熟悉
我们从没有亲近
却像是曾被拆散的伴侣

一首低沉的圣歌
在我感情的教堂里奏起
它没有歌词，甚至也没有曲
句句都是轰鸣的心的战栗

哦，沉重的你
坚定无语的你

朦胧中，我想象着你化作
一只强悍的手臂把我掳去

我的眼睛就像赛罗提女人①
那双眼睛
痴痴地绝望地
面对着你

1984 年 5 月 16 日

---

① 赛罗提女人：一般译作夏洛特姑娘，人物出自英国诗人丁尼生
的同名诗作《夏洛特姑娘》。英国画家沃特豪斯亦有同名画作取材
自此。——编者注

追 求

我的追求是狼尾草，
即使沦落于寂寞的荒野，
它柔软的茎儿直立，
欣慰地忍受着孤独的围猎。

我的追求是紫金牛，
即使放逐于浩瀚的丛林，
它自豪地高举着鲜红的果实，
绝不轻蔑自己弱小的灵魂。

我的追求是梅花藻，
即使栖身于泥泞的沼泽，
它日夜开着洁白的花冠，
用忠实的感情对待艰难的生活。

我的追求是玉铃花，
即使扎根在荒凉的山坡，

它依然散发着不尽的芳香，
醉人的幻想坚定而执着。

我的追求啊弱小而无名，
只要有大地，她就有生命！

1984 年 10 月 4 日

微 雨

微雨切碎了珊瑚树，
切碎了叶子花，
也切碎了我的心，
分离就在眼前。

在苦难漫长的旅途中，
爱情是蜜糖，
而友情是水，
啊朋友，
对于生活，
哪一个更宝贵？
在狂风骇浪的小舟上，
爱情是桨，
而友情是另一支桨，
啊朋友，
对于生命，
哪一个更宝贵？

所以，请相信，
即使珊瑚树老态龙钟，
即使叶子花消失了倩影，
我永远忠实于你的友情！

1984 年 10 月 5 日

十行诗

一

你手捧崇拜者的鲜花，
敲开了我的小房，
我却把鲜花编成帝王的桂冠
戴在你的头上，
然后把我的所有的领地交给你，
我相信，在你的治理下，
我生命的大树将更加茂盛，
我青春的花朵将更加辉煌，
我欢乐的小溪将更加活泼，
我自由的空气将更加芬芳。

二

只要是爱，就问心无愧！
不要说我给予你的太多太多，
爱的给予本身就是收获，

三色堇开在阳光下，
她还向太阳乞求什么？
阴电、阳电在空中相遇，
那奇妙的光芒是谁给予谁的？
停止了给予，爱就会死亡，
感谢你，接受我爱的给予，
使我的爱幸福地活着。

三

既然我们采摘了相聚的欢乐，
就必定也要品尝这分离的苦果。
你一声接一声地叮嘱，
而我只有沉默，
像一棵临冬的小草，
沐浴着最后一场绵绵秋雨。
即使荒芜的山野把我包围，
即使严寒的风织成了网，
你的叮咛是绿色的篱笆，
护卫着我，传递给我春的信息。

四

最后握一握手，然后分手，
哪怕天各一方。
爱啊！空间的海洋不能淹没她的足迹，
时间的灰尘不能遮蔽她的光芒，
思念，为爱穿上了盛装，
爱，在这时候显示了她神圣的力量。
两颗心，像两束丝，
被渴望的狂风吹着缠绕在一起，
只有在这分离的时刻，
我们才知道彼此是多么不可分离！

1984 年 10 月 7 日

山 雾

像捉不住的山魂忽忽悠悠地飘来，

当感觉到你的时候你已经笼罩了山间，

——你是从哪条道路上来的呢？

你一会儿用粗大的手掌胡乱蒙住我的双眼，

一会儿又调皮地跳开，蹲到我的脚下变成云海，

或站在高高的山巅变成我头顶的云盖，

你使我一会儿是人一会儿是神仙，

你是永远也长不大的。

可是，当你的朦胧的目光向我降临，

所有的恐怖如暗影转瞬消逝，

险峭的山路被罩上了帷网，

万仞的山路也被填满。

我望着你，像望着斯芬克斯的神秘的笑容，

我解释不清你对我的庇护是因了什么？

我只知道此刻你是我最熟悉、最贴近的生命，

你是阿尔太米拉石窟壁画上的野牛、野猪和野鹿，

在我身边奔跑着、蹦跳着，

使我感到一种原始的震颤。

我只能深深地感受你，尽情地享用你，

却不能将你约束，不能将你驱使，

也不能让你和我共同遵守一个什么契约，

你本是自由的元素！

走去吧，当你应该走去的时候，

你也不必在我衣襟上签署你的姓名，

而我将永远记着，

在这条奇险的山道上，

因为你，我曾经有过无畏的时刻。

1985 年 4 月 8 日

野芭蕉

在亚热带的绿色的空气里
野芭蕉轻轻地站着
负载着众多星球的天空
是一顶圆帐
（野芭蕉无论白天、黑夜／时时刻刻在做梦）

每年死掉一次
转了年再生
不知是命定的，还是愿意
无数次地兑换着生命
刀砍了又生
火烧了又生
在不长皱纹的太阳下
制作着一次又一次的青春

是什么在诱惑？
——温情么？

只是死期中的梦
只要生长着、生长着就够了
用白色的小花向棕榈、蒲葵
传达着漫不经心的微笑
漫不经心的

野芭蕉甚至没有注意到
它用血浇出的果实是苦的

1985 年 5 月 6 日

处女湖

处女湖边
两岸石头雕塑的传说
穿着斑驳锈蚀的古装
只有在这时
脸颊已如秋叶的我
才显得依然年轻

难道我也要等待着
仰望成一块石头
睡成一个传说
被人们开心地称颂？

处女湖边
大叶桉哭红了眼睛
野鸟惊诧地飞过
在传说与嘴唇之间
焊上真实的叫声

处女湖，处女湖
安分如液体的石头
却温柔而坚定地
酝酿着蓄谋已久的罪行

苦竹战栗着思索可该收回
用杂乱的枝锻打的
那堆铁链的倒影？

1985 年 5 月 7 日

女人眼中的水柳

当一个柔弱的名字
被烙在我的额上
我疯狂地高叫着：不！
然后我昼夜地、昼夜地
撕着绝望的悔恨

而水柳，只有接受
风暴和大水轮番地扑顶而来
它没有折断，没有粉碎
随着动荡的节奏
弯成一条一条曲线
像千年山脉的曲线
像长江及其支流的曲线
时间不能啄食它
它时刻都在生长

把我叫作柳絮吧

让沙子、街道和脚

变成任意驱赶我的鞭子

让心不在焉的手把我捏碎

然后我淡淡地笑了

去到任何一个我认为可以落脚的

地址扎根

在失恋的山谷

在野蛮的水上

1985 年 5 月 9 日

像一颗流星

像一颗流星
你在我眼前残忍地飘走了
连你自己也不知道
　　　你的行程

从此刻起流浪的是你还是我
离开了那堆枯叶无处可以做窠

等待着那一声许诺
　　　从补天石里落下么
等待着钟乳石长高一寸
等待着天空重新更换太阳
等待着所有的玫瑰
　　　成为化石标本

我等待着
——不要说：去生活

1985 年 5 月 13 日

蓝色血

潮湿的东海岸飘来蓝色血的暗影，
引诱我的是因陌生而产生的神秘吗？
引诱我的是另一个更隐晦的欲望。
此刻我把双足探进海浪听海水低吟，
我整夜坐在海滩，灵魂撒在幽蓝的海光里，
直到海潮终于汹涌着，一排排向我压过来，
啊，这野蛮的蓝色血！这悲壮的蓝色血！
我面对着地平线以外的宇宙大声叫你：
大海，你这血性汉子！

冰一样冷静岩浆一样冲动，
我知道你热爱的是哪一种哲学。
除了我，你走遍大陆是否得到过知音？
除了我，又有谁回答过你重复了又重复的短促的
　　问话呢？
你时时刻刻粉碎着自己又重新组合，
你为什么这样不自信而又自信呢？

在我心中你永远是一个完美的梦幻，
因为你每一秒钟都是全新的啊！

沿着通向天空的遥远的道路，
沿着百川曲折跌宕的行程，
你不屈不挠地往复，
对于生命之水，你既是源头，又是归宿，
你在天与地之间画了一个巨大的怪圈。
——你中有我时我中已有你，
我走不出你的诱惑，你走不出我的欲望，
大海，因为你的蓝色血，
因为我们共同的血性，
你和我就是一个无法改正的怪圈！

1985 年 5 月 29 日

又见海鸥

雾气弥漫的天空绽开了一道白色的裂缝，
哦，海鸥，你从天上掉下来！
海上多了一朵带眼睛的浪花，
任意选择着自己的方向。

海鸥，我的自由的天使！
当你愿意归去的时候就归去了，
当你愿意回来的时候就回来了，
你去了维多利亚海峡的上空么？
你去了东海跟随机帆船下的白浪么？
你去了黄海啄食谷米么？
你周游了哪一条闻名的内陆河流？
这一切，都只是你的秘密，
我无须知道，你也不必回答。

我曾把彗星的尾巴认作你，
我的心被你明亮的长翅驮走了，

我似飞翔过星星的幽暗的原野，
我好像触到了宇宙可怕的边缘。
海鸥，你是注定要消失，
而我注定要等待么？
我的双足长成了一段黄色的海岸，
流动的秋波凝结成岩石，
而我不能，不能诅咒你，
因为你即使和我终生结缘，
却从未缔结任何一种契约。

我的目光只在云里雾里贪婪地追逐着你，
哦，我们曾经相识么？
我们曾经相见过么？
不，今天我和你偶然相遇已属奇迹，
短促的生之旅途上，怎能企望两度相逢？！
时聚时散，这是宇宙间的秩序，
海鸥，风一样雾一样不必说再见，
别了，感谢你给了我美好的瞬间——

1985 年 7 月 9 日

唤 海

天一样不宁白云一样疯癫的大海呀，
你知道我的情人他在哪里？
我一整夜都等待着他的归来，
请你把他从酣睡中摇醒并把他交到我手里。
大海，你摇啊，疯狂地摇吧！

我在海滩上凄凄惶惶地走着，
我焦渴的心如这干裂的滩涂期待着滋润，
我拾起一个边缘已经残破的螺壳，
想象着是哪一次风暴留下的手迹。

淡红的月亮啊，你这温柔的巢，
一些迷醉的情歌从你这里飘落下来，
伸出你微白的手臂把我携去吧，
我知道今夜我的情人是不再来，
可是我又怎么能够有片刻的安眠呢？
当我的情人不回来。

我一秒一秒地数着月光，
是时间从我的生命中穿过呢，
还是我的生命从时间中穿过呢？

黎明时我做了一个可怕的梦，
梦见地球变成了一只狭小的笼子，
而我的情人变成了一只野兽向着我悲哀地号叫。
大海，请你摇醒我的情人使他别再叫唤！

风暴，请来帮助大海帮助我吧，
风暴，驾着你长鬃的野马从天上来吧！
从大熊星座来，从仙后星座来，从风暴洋来，
从那看不见摸不着的宇宙的黑洞中来吧，
也请你掀起拍天巨浪翻卷成黑洞，
——幽暗的黑洞，神秘的黑洞，
黑洞真的是另一个世界的通道么？

我的情人，和风暴一起来临吧！
乌云是指示你通行的小旗，
来啊，来把海浪这井然有序的队列冲乱，
惊起它们沉稳、缓慢的步履，

它们在康庄大道上已经走得昏沉沉了，
请你携起突起的风暴给它们以迎头痛击！
让衰老的海浪卷起无数的新鲜的黑洞，
——我的情人，我们的生命真的能和心灵一样，
进入这另一个世界的通道么？

1985 年 9 月 19 日

黄果树大瀑布

白岩石一样砸下来

    砸

    下

    来

砸碎大墙下款款的散步

砸碎"维也纳别墅"那架小床

砸碎死水河那个幽暗的夜晚

砸碎那尊白蜡的雕像

砸碎那座小岛，茅草的小岛

砸碎那段无人的走廊

砸碎古陵墓前躁动不安的欲念

砸碎重复了又重复的缠绵失望

砸碎沙地上那株深秋的苹果树

砸碎旷野里那幅水彩画

砸碎红窗帘下那把流泪的吉他

砸碎海滩上那迷茫中短暂的彷徨

把我砸得粉碎粉碎吧

我灵魂不散

要去寻找那一片永恒的土壤

强盗一样去占领、占领

哪怕像这瀑布

千年万年被钉在

    悬

    崖

    上

1985 年 9 月 20 日

夏夜湖边

落叶子踢踢踏踏地

沿着湖边的柏油小路流浪

宁静拖着黑色的长裙

走进我的胸膛

湖水幽暗

道路幽暗

发白的云像蜘蛛

在天空默默地结网

走上小桥

这一片结合部的开阔地

望星星游荡

月亮游荡

风，空旷空旷

空旷得我好疼啊

不要用柳条子抽打桥栏

不要问我："快乐吗？"
不要触我的手
小心孤独从手指喷出
山洪一样

1985 年 9 月 23 日

从遥远遥远的地方

从遥远遥远的地方
你走来
坐在我的台阶上
我想说："进门来。"
并且关闭那扇小窗

我终于没有
我蹲在门槛内
为你缝缀那件撕破的衣裳

当我站起身来
我战栗了
因为想到你要离去
我战栗着
因为想到你要进门来
我战栗着
因为想到那一扇门

我战栗着

因为想到许多许多的门

我战栗着

我想喊："坐下。"

宁愿你永远坐在这台阶上

可是当我一触到你那双眼睛

我竟然喊："进来吧。"

1985 年 9 月 23 日

黄金盏

我在没有爆竹的无声的正午坠落
在没有墙壁的旷野上
饮你，饮你
——黄金盏

长须的古槐投进了阴影
像魔棍在搅拌
酒，是苦的

音乐从金星那陡峭的斜坡滑落
在我脚下摔成金色的碎片
我的伴娘呢?
没有，没有

向着天空举起来
——黄金盏
向着目光所及的与心之向往的
　　　空间

向婚神星，向飞山

黑色的风掳去了我头上的
　　最后一朵野花
长发飘飘掩面
饮你，饮你
——黄金盏
两颊绯红如玫瑰
我不需要装饰

我需要醉，醉
出生千钧力
一页页修改黄土地这块掀不动的
　　法典

1985 年 11 月 15 日

苦 木

用你的枝叶编一个花冠
苦木
为我编一个花冠
——我的美是苦的

给我一粒你的红红的小果实
苦木
那是相思豆
——苦中生出的相思

用你的树皮染染我的心吧
苦木
不管是什么颜色
——我心的颜色是苦

用你为材做一架琴吧
苦木

我要在马头星云下弹奏

——苦是我命运的主题歌

1985 年 11 月 19 日

枇 杷

绿色的火焰

越过四季的封锁线

燃烧

燃烧，像那个永恒的夜晚

那个夜晚，你说，永远

于是，我伫立着，望着

手永远不可触及的金黄的果实

望着永远没有水的河道

望着永远看不见的黑洞

——那里不会有任何东西走出来

走啊

脚印永远绕着低壁环形山

永远，永远

永远被风暴所围困

永远走不出空间的栅栏

永远绿的枇杷啊

祝你一夜间枯槁

1985 年 11 月 21 日

山葡萄

山葡萄收藏好蛋壳陶一样脆弱的果实
把坚韧的藤伸向严寒
正像我珍藏起怕打碎的记忆
而把我交给你

喷发出你被压抑的岩浆吧
即使泪雨如瀑布
是圣徒，又怎能不承受
愤怒的与痛苦的
洗礼
让我和你一起
走过冰原
即使大雪中我结成一朵冰花

在漆黑的夜里让我与你同宿
即使光明不再降临
我变成一颗黑黑的山葡萄
永远长在自由的山里

1985 年 11 月 25 日

122

南十字座[①]

天空

戴上了十字架

天空，你为什么祈祷

我祈祷

为着我的从不完整的激情

自从我采得那个神秘的果子

我就成了一个偷盗者

那果子长在我心灵的园圃

我偷盗我的自身

然而我被追逐

遍地是它的主人

而我是一个偷盗者

在短暂的星光里

战栗着欣赏它的模糊的影子

[①] 南十字座：南天小星座之一，是全天 88 个星座中最小的星座。星座中主要的亮星组成一个"十"字形。——编者注

为什么我一无所有？
为什么我是一个偷盗者？

天空，为我祈祷吧
在你的十字架下
我要做一次那果园的主人

1985 年 12 月 2 日

星 河

银色的相思树
长在黑土地上
相思果很多很多

诱惑人的
是那些永恒的距离
它们不可能相聚
就永远充满幻想

我想尝一颗
从此陷入相思
又想再尝一颗
从此忘却相思

每一颗都是同样地苦啊
我却尝啊尝啊
像中了魔

尝啊尝啊

变成了一颗相思果

1985 年 12 月 7 日

《天涯海角》 手稿

山顶夜歌

白云如翅

覆盖了大地

天空无法接纳我们

土地出现这短暂的疏忽

我们被侥幸地放逐在伊甸园

无声地垂下睫毛吧

也不必用树叶遮体

你的眼睛就是我的装饰

——看我吧

而你不必用熊的爪子野牛的角伪装

你比一切更雄健

手指温柔如羽毛

——主宰我吧

浓雾搭起白色的栅栏

荒凉山顶一如庭院
那扇窗户在哪里

女人比羊胡子草更容易憔悴
而你被什么魔力所捆缚
失去了语言

我真的要成为
一个虚构么

1986 年 1 月 6 日

火山岛

因为一次爆发
死去了
世界上最粗糙的坟墓
就在卑贱的涛声中坐落

这一天，云层被震碎
彩色的水鸟脱尽了颜色
远远近近的海岸被你的呼声摇撼
忘记了畏缩

而有谁忍心传播这个事件
你真的死了
炽热的生命
无畏的生命
化作岩石
火山岛，幽灵不死
坐在天狼星下夜夜哀歌

于是，暴风雨在海面颤抖、喘息
海鸥在红色的黄昏中迷误
天空在八月暗然低垂
星星泪洒黄土
雪花变作坚硬的荆冠
戴在每一棵小草的头上

火山岛……
所有的人听到你的名字而战栗
因为天塌地陷也封闭不了
你的缄默的口
缄默着
喧啸的海无休止地发问
你终于倾吐出最后的语言

——如果你知道爆发注定死亡
你还爆发么
——是的
（而又有谁敢于说
你不会醒来
愤怒竟然已倾泻干净）

1986 年 1 月 8 日

荒 岛

你袭击了这片
没有围墙的禁地
像潮水
淹没了所有的面孔

我就是荒岛
在水波中战栗
你的，荒岛
冰冷

因为美丽的雪花
覆盖得太久了，太久
我不愿相信
那是剪纸匠们的游戏
温柔的横行

当你穿着破敝的衣服走来

突然，威严地站下
我抑制不住真实的哀鸣：
我，是一张白纸

头发，这些黑色的野草
很多年没有梳理过了
你看我像不像你的荒岛

我要穿一双大红的皮鞋
尽管我知道
从此走不出你的包围

1986 年 3 月 3 日

野 餐

在滚着太阳的草坡上
我们吃五香鱼
吃你的短短的胡须

多么想让你的胡须又长又乱
像个野人
我想做一回野人

哦，吃吧，吃吧
吃古老的董酒
吃面包黄油

吃你的逃跑的手
吃你的漆黑的头发
吃你的响着笑声的牙
直到把太阳吃完

剩下满天飞流的云

我们吃不完了

1986 年 3 月 5 日

你不属于我

一

凡·高坟上的向日葵
金子一样黄

你从黄色里走出来
却没有颜色

我俯在无垠的草地上
袒露着乳峰
望着你
可我什么也不敢告诉你

二

世界是在哪一天被平分的
每一块流云都有归属
可是你不属于我

当我被撒旦变来变去
眼睛没了又长
当我被山魈追踪，落入深渊
我不知道喊你的名字

我跑到郊外的野地
偷偷地种几株蓖麻
我在白色的盐碱滩上
反反复复栽种不出苗的高粱
可我不知道在空旷的心上
栽种你
我不知道你是谁

三

天，还是没有下雨
……
闪电已经夺去了我身边的孤影
雷声从我心的阡陌下走过
失修的栅栏纷纷震落
——是你来了

像一个影子

我不敢把手伸给你

泪水潸潸而下

四

山苍子茫茫无边

这是一个香味的荆棘之海

我只能大胆地遥望你

你的头发

　　　黑色的珊瑚

直到夕阳和你镶在一起

直到流星划破了你暗色的衣裳

我坐在黑土地上

再也不想回家

五

我是那片永久的冻原

遥远如南极

却不会乘着夏天漂浮而去

六

那无形的手划出的这道鸿沟
真的能够与石头一起永存?
我将等待着
自生自灭么?

1986 年 3 月 20 日

罗曼司

罗曼司在传扬
一个列岛向
另一个列岛
蔓延着莫须有的惊惶

坟山子一圈又一圈
不能当风嶂①
只有
只有坚冰期很长很长

——你可知道
风媒花旷世的清白
以及
以及圣父、圣子的千年衰荣?

——是的，我还知道
无翼鸟没有在白云留下秽迹

---

① 风嶂，疑为"风障"。风嶂似亦能通，大意为阻挡
风的山峰。——编者注

晨星和昏星没有在角斗中受伤
可是，因为有另外一种命运
我只能宣告
　　　拒—绝—山—门！

烟雨霏霏
花草菲菲
霓虹灯下
镶满简古的文章
火烛和流矢来打破这寂寥的和平吧

——我是囚徒

　　　　　　　　　1986 年 6 月 12 日

红色的月亮

红色的月亮包围了夜晚
一个圆内
隔着世纪的冰山
声音已被灰尘封闭
激情滞留在海潮那边
沉默的斑竹，沉

    默

      的

      斑

      竹

没有道路的天空
太远了
该怎样通知你
我的行踪
草果，发霉了
半枝莲，苍黄一片

白皮书已被翻烂

四周是发光的变质岩

我……冷

虽然北极圈很远很远

你能照耀我么？我是

    贝

     叶

      树

愿欣慰而死

1986 年 6 月 13 日

我株守在如此天年

太阳，裸体了
黑子已不可言传变成魔鬼
沿阶草践踏着大平原

杳渺的你来了，从远方
你把自己点燃
头发在火中飞扬
再生，却未有穷期

把你灼热的手给我
让我和你一起飞升
即使流落苔原

头上落下的却只有球果
被松针粉碎的时间浩浩荡荡
你给我的记忆
像亚马逊莲花一样短暂

却终古常新
我巡游，在漆黑的太古界
我的噩梦
从清晨到落尽天光

黑子化作美丽的飞天
那不贞的鸽子呢？

我株守在如此天年
　　株
　　守
　　着
地平线把我切开
一半属于地狱
一半属于天堂

1986 年 6 月 13 日

我的秘密

苦水捆绑了所有的经纬线
不屈者日日遭受海蚀
平凡的梦长满了青苔

如期相会恰似如期分手
却无法放弃这
残忍的剪裁

呼声被碾碎
丝丝缕缕地飘落
一次又一次
手指焚成了火
心，却来不及悲哀
（那值得恐惧的是什么呢？）

厚厚的书信也散亡了
唯有秘密的署名像野蔷薇
　　　开满了窗台

1986 年 6 月 15 日

情 舞

一、这一天我中了巫术

这一天我中了巫术
你伸出手，我就跟了你去
跨过惊慌的灯光
我是这样光明正大地贴近了你
蓝外套一下子变成敦煌彩袖
你不可抗拒的力量使我百依百顺
我已经孤独地站立了很久
可是我曾经说过
我不会绝望
　　　　这一次相遇照亮了历史的缺陷
　　　　不安定因素从此诞生

二、疯狂的探戈

疯狂的探戈平地而起
切分音把我一切为二

一半是右腿

一半是左腿

整个生存被一分为二

脚步被一分为二

对话被一分为二

经验

知觉

心曲

你也被一分为二

我痛悔这残忍的命运

幻想着回归完整

你是一体

我是一体

    不不，你我原本只是一体

    被宙斯一分两半

    亿万年来渴望着融合

三、禁忌

舞曲落下一片又一片
我的渴望被层层包起

崇拜就是禁忌

我禁忌什么我自己也不知道

我无视一切

却无力推开压顶而来的天空

这一天我中了巫术

与你赤诚相见的都是假话

我毫不甘心地拒绝了你

当你悄然规避

仿佛陆地在胸前陷落

我的呼叫被回声堵塞

是无形的手铸就了我的错误

为了避免一个可怜的悲剧

我扼杀了灵魂的自由

　　　让我的理智从此漆黑一片

　　　我愿意被你主宰

四、死亡如此渺小

当人们四散离座

我独自留恋红红的太阳

你把黑色的影子交给我

灵魂光芒四射

你独立着

我独立着

最大的痛苦是可望不可即

你说要看看我的眼睛

激情的寒流袭击了我

我的四面是万丈悬崖

你的话是神秘的栅栏

死亡如此渺小

　　　我确信了这个真实的时刻

　　　我要披荆斩棘开拓你

　　　在荒原写上我的名字

五、赤裸的热情

两束目光相撞成为闪电

赤裸的热情无处躲避

我放弃所有无谓的挣扎

唯一的道路化为乌有

（我不知道向谁请教）

向左还是向右

我来不及顾念后果

向前是盲目，向后还是盲目

即使乐曲永无止境

即使它在下一秒钟立即终结

　　你的目光使我堕入深渊

　　我因此死而无憾

六、我就是水

《卡普里岛》《卡普里岛》

如水的节奏波光闪耀

我就是渔岛之女

我把自己铺在夜色里

眼泪滔滔

柔情似水横流

我的痛苦千姿百态

围绕你翩翩起舞

弹性的肌肤任凭你

任凭你蹂躏

　　我的快感是苦难的快感

　　我的快感是柔弱者的快感

我的柔弱胜过刚强

七、永远的未知

我还不谙熟你的步伐
头发却肆无忌惮地飘扬
朋友
谁能确认朋友的含义
未来世界的真理
在今天引起惊慌
我愿你只是朋友，两个月亮
一个在水
一个在天
谁能断定他们是一个还是两个
朋友永远是一个未知
即使你占有了他的全部
还有一些东西你不可能占有
你的神奇感动了我
我的幻觉永不消逝
我宁愿你不是你
不让你不像你

永世的诅咒使我陷入迷恋

八、没有心就没有圆

你是半径

我是半径

这是一颗肉体的星星

各个部位闪烁光芒

各个部位都非常美好

向心力

向心

向——心

你围绕着我之心

我围绕着你之心

没有心就没有圆

有心的圆才是真实的圆

不知是什么巫术

一个个虚假的圆也团团旋转

向我们合拢、合拢

我们被挤扁，像一张圆圆的废纸

在人海中飘零

六月雪是昨天的故事

从此六月再没有下雪

九、阻力的诱惑

走向你，走向你

中间隔着永恒的距离

你的胸膛如热岛咄咄逼人

我却无力跨过这世纪的鸿沟

阻力造成了诱惑

我欲望的价值百倍地增长

我在无形的阻遏中挣扎

每一秒钟是一个挫折

现在我只剩下了一种本能

要接触你"带电的肉体"[1]

对于陌生我不再充满敌意

　　我从没有这样自信于我的纯洁

　　对于你我再没有危险

十、迪斯科之恋

你像狮像牛

---

[1] 惠特曼诗句。

我像鹿像蛇

多么想被你追逐

被你围困

天真无畏地嬉戏

喷射你久蓄的激情

如果这是那一片原野

即使只披了两片树叶

也会遭到嘲笑

文明世世代代装饰了我们

冲动被缚于山岩

噩梦中，我被雕刻出满脸花纹

银灰色的花纹中有粉红的小花成双

啊！我宁愿死

也不敢再看自己一眼

　　噩梦将使我终生心悸

　　我庆幸你是一只蓬勃的野兽

十一、我们去流浪

今夜旋律这样忧伤

走吧，我们去流浪

流浪的生活是自由的生活

流浪者的法律是自由万岁

我们被释放

思想四下逃散

没有繁文缛节

纸币当成卫生纸

所有的道路我们任意选择

在任何一块土地

让我们同行同宿

最好碰到洪水大发

或者暴徒成群

让我们的四肢发达如初

反抗的力量天翻地覆

  流浪（星期日）

  流浪（星期一）

  流浪（星期二）

  流浪（星期三）

  流浪（星期四）

  流浪（星期五）

  流浪（星期六）

十二、天经地义的败类

我这样疲惫

心神不安

你的目光直视我

以跳荡的节奏向欲火挑衅

你迅速地侵蚀我

攫取我

我的衣饰不翼而飞

唯一的秘密暴露无遗

最可笑的废话是——

你到底要什么

无谓的牺牲已经太久了

还没有开始已将近终结

有一些伤害无法补偿

    最公平的是最残忍的

    你这样非凡的健康

    注定是天经地义的败类

十三、没有加冕的教徒①

十四、我的禁区荒芜一片

我梦寐以求

让我们单独跳一段舞蹈

这里危机四伏

命里注定了这一次灾难

当你的手臂伸向我

我就完全属于了你

乳房闪着幽暗的白光

唇齿相依

你的手宽大、温暖

充当了夏娃遮体的树叶

我的禁区荒芜一片

没有过生命的体验

弱质在星星下不堪一击

呼声幽咽，痛快淋漓

所有幻觉聚成弹性的物态

---

① 此处有删节。——编者注

所有坚实的理解溶化为液体

让生命上天堂！

让灵魂下地狱！

十五、白天鹅最后的歌声

点一支蜡烛

在暗淡的墙壁上

这是《婚礼进行曲》

省略了所有法律程序

进行曲是全权代表

进行曲进行就是一切进行

必要的都是绳索

今天必定成为过去

让我们提前过一天美好的明天

因为我就要衰老

最好是野餐一顿

并且，没有客人

然后

然后

啊！我感到威严的眼睛封锁了门窗

在客人的掌声中我们不能接吻
瞬间叛逆将付出重大牺牲
进行曲是白天鹅最后的歌声
　　等待而死或者叛逆而死
　　为什么我不能获得生存

十六、没有目的地的旅行

这一天我中了巫术
旅行的目的地被我忘记
　　找不到
目的地是一个罪大恶极的名字
我们无法避开天罗地网
深夜亦难逃四面杀机
通往目的地没有道路
我们在距其遥远的地方徘徊
背道而驰
失去了目的
失魂落魄
我们疲劳已极
血从眼睛里流出

还需要多久、多久

目的地无法抵达

我全身正布满厚厚的皱纹

　　　为什么

　　　为什么

　　　我这样悲伤

　　　我感到一生过于漫长

1986 年 9 月中旬

独身女人的卧室

一、镜子的魔术

你猜我认识的是谁

她是一个，又是许多个

在各个方向突然出现

又瞬间消隐

她目光直视

没有幸福的痕迹

她自言自语，没有声音

她是立体，又是平面

她给你什么你也无法接受

她不能属于任何人

——她就是镜子中的我

整个世界除以二

剩下的一个单数

一个自由运动的独立的单子

一个具有创造力的精神实体

——她就是镜子中的我

我的木框镜子就在床头
它一天做一百次这样的魔术
　　你不来与我同居

二、土耳其浴室

这小屋裸体的素描太多
一个男同胞偶然推门
高叫"土耳其浴室"
他不知道在夏天我紧锁房门
我是这浴室名副其实的顾客
顾影自怜——
四肢很长，身材窈窕
臀部紧凑，肩膀斜削
碗状的乳房轻轻颤动
每一块肌肉都充满激情
我是我自己的模特
我创造了艺术，艺术创造了我
我床上堆满了画册
袜子和短裤在桌子上
玻璃瓶里迎春花枯萎了

地上乱开着暗淡的金黄

软垫和靠背四面都是

每个角落都可以安然入睡

　　　你不来与我同居

三、窗帘的秘密

白天我总是拉着窗帘

以便想象阳光下的罪恶

或者进入感情王国

心理空前安全

心理空前自由

然后幽灵一样的灵感纷纷出笼

我结交他们达到快感高潮

新生儿立即出世

智力空前良好

如果需要幸福我就拉上窗帘

痛苦立即变成享受

如果我想自杀我就拉上窗帘

生存欲望油然而生

拉上窗帘听一段交响曲

爱情就充满各个角落

　　　你不来与我同居

四、自画像

所有的照片都把我丑化

我在自画像上表达理想

我把十二种油彩合在一起

我给它起名叫 P 色

我最喜欢神秘的头发

蓬松的刘海像我侄女

整个脸部我只画了眉毛

敬祝我像眉毛一样一辈子长不大

眉毛真伟大充满了哲学

既不认为是，也不认为非

既不光荣，也不可耻

既不贞洁，也不淫秽

既不是生，也不是死

我把自画像挂在低矮的墙壁

每日朝见这唯一偶像

　　　你不来与我同居

五、小小聚会

小小餐桌铺一块彩色台布

迷离的灯光泄在模糊的头顶

喝一口红红的酒

我和几位老兄起来跳舞

像舞厅的少男少女一样

我们不微笑，沉默着

显得昏昏欲醉

独身女人的时间像一块猪排

你却不来分食

我在偷偷念一个咒语——

让我的高跟鞋跳掉后跟

噢！这个世界已不是我的

我好像出生了一个世纪

面容腐朽，脚上也长了皱纹

独身女人没有好名声

只是因为她不再年轻

　　　你不来与我同居

六、一封请柬

一封请柬使我如释重负

坐在藤椅上我若有所失

曾为了他那篇论文我同意约会
我们是知音，知音，只是知音
为什么他不问我点儿什么
每次他大谈现代派、黑色幽默
可他一点儿也不学以致用
他才思敏捷，卓有见识
可他毕竟是孩子
他温存多情，单纯可爱
他只能是孩子
他文雅庄重，彬彬有礼
他永远是孩子，是孩子
——我不能证明自己是女人
这一次婚礼是否具有转折意义
人是否可以自救或者互救
　　　你不来与我同居

七、星期日独唱

星期日没有人陪我去野游
公园最可怕，我不敢问津
我翻出现存的全体歌本

在土耳其浴室里流浪

从早饭后唱到黄昏

头发唱成 1

眼睛唱成 2

耳朵唱成 3

鼻子唱成 4

脸蛋唱成 5

嘴巴唱成 6

全身上下唱成 7

表哥的名言万岁——

歌声是心灵的呻吟

音乐使痛苦可以忍受

孤独是伟大的

（我不要伟大）

疲乏的眼睛憩息在四壁

头发在屋顶下飞像黑色蝙蝠

　　你不来与我同居

八、哲学讨论

我朗读唯物主义哲学——

物质第一

我不创造任何物质

这个世界谁需要我

我甚至不生孩子

不承担人类最基本的责任

在一堆破烂的稿纸旁

讨论艺术讨论哲学

第一，存在主义

第二，达达主义

第三，实证主义

第四，超现实主义

终于发现了人类的秘密

为活着而活着

活着有没有意义

什么是最高意义

我有无用之用

我的气息无所不在

我决心进行无意义结婚

　　你不来与我同居

九、暴雨之夜

暴雨像男子汉给大地以鞭楚

躁动不安瞬间缓解为深刻的安宁

六种欲望掺和在一起

此刻我什么都要什么都不要

暴雨封锁了所有的道路

走投无路多么幸福

我放弃了一切苟且的计划

生命放任自流

暴雨使生物钟短暂停止

哦，暂停的快乐深奥无边

"请停留一下"①

我宁愿倒地而死

　　　你不来与我同居

十、象征之梦

我一人占有这四面墙壁

我变成了枯燥的长方形

我做了一个长方形的梦

长方形的天空变成了狮子星座

---

① 《浮士德》中浮士德最后的话。

一会儿头部闪闪发亮

一会儿尾部闪闪发亮

突然它变成一匹无缰的野马

向无边的宇宙飞驰而去

套马索无力地转了一圈垂落下来

宇宙漆黑没有道路

每一步有如万丈深渊

自由的灵魂不知去向

也许她在某一天夭折

　　　你不来与我同居

十一、生日蜡烛

生日蜡烛像一堆星星

方方的屋顶是闭锁的太阳系

空间无边无沿

宇宙无意中创造了人

我们的出生纯属偶然

生命应当珍惜还是应当挥霍

应当约束还是应当放任

上帝命令：生日快乐

所有举杯者共同大笑

迎接又临近一年的死亡

因为是全体人的恐惧

所以全体人都不恐惧

可惜青春比蜡烛还短

火焰就要熄灭

这是我一个人的痛苦

　　　你不来与我同居

十二、女士香烟

我吸它是因为它细得可爱

点燃我做女人的欲望

我欣赏我吸烟的姿势

具有一种世界性美感

烟雾造成混沌的状态

寂寞变得很甜蜜

我把这张报纸翻了一翻

戒烟运动正在广泛开展

并且得到了广泛支持

支持的并不身体力行

不支持的更不为它做出牺牲

谁能比较出抽烟的功德与危害

戒烟与吸烟只好并行

各取所需

是谁制定了不可戒的戒律

高等人因此而更加神奇

低等人因此而成为罪犯

今夜我想无罪而犯

　　　你不来与我同居

十三、想

我把剩余时间通通用来想

我赋予想一个形式：室内散步

我把体验过的加以深化

我把未得到的改为得到

我把发生过的加以进展

我把未曾有的化成幻觉

不能做的都想

怯于对你说的都想

法律跚蹒在地下

眼睁睁仰望着想

罗网和箭矢失去了目标

任凭想胡作非为

我想签证去理想的王国居住

我只担心那里已经人口泛滥

　　　你不来与我同居

十四、绝望的希望

这繁华的城市如此空旷

小小的房子目标暴露

白天黑夜都有监护人

我独往独来，充满恐惧

我不可能健康无损

众多的目光如刺我鲜血淋漓

我祈祷上帝把那一半没有眼的椰子①

分给全体公民

道路已被无形的障碍封锁

我怀着绝望的希望夜夜等你

你来了会发生世界大战吗

你来了黄河会决口吗

---

① 一半没有眼的椰子：神话传说中鬼把一半没有眼的
椰子分给活人，活人就看不到它。

你来了会有坏天气吗

你来了会影响收麦子吗

面对所恨的一切我无能为力

我最恨的是我自己

　　你不来与我同居

1986 年 9 月末

桥

这是一座空中的桥

我要过桥

到那边去，那边去

通行证？

什么通行证

脚下的路发生了断裂

这不是我的罪过

通行证？

没有人发给我通行证

我就是通行证

到那边去就是不可阻挡的理由

我需要继续走路

目的地还没有到达

通行证？

——三五牌香烟一条

手段卑贱

目的崇高

通行证？

让我猜对了

这桥不能通行

一派虚假繁荣

这桥不能负载实体

我们得另想办法

这是一座空中的桥

1986 年 9 月 27 日

被围困者

一、主体意识

我被围困
就要疯狂地死去

二、我要到哪里去

这是一次逃亡者的旅行
走下火车我茫然四顾
我要到哪里去?
陌生的街道不宽不窄
路面枯燥无味
路的名字似乎很有来历
而我从哪里来?
那个熟悉的城市曾经没有我
我从哪里来?
我为什么而来?
有一个莫名其妙的目的

一个目的是一个死亡

最终目的是最终死亡

怎能让目的把我分段消灭

我要无目的地走下去

我突然仰面凝视滚动的乌云

啊！这是一个凶恶的无底深渊

三秒钟后我心惊胆战闭上了眼睛

无底！无底！

宇宙无限大，没有边沿

没有边沿以外是什么？

愚蠢透顶，没有边沿哪有以外

真是不可思议

没有边沿这个形象够我想象一万年

我的思维因此而无边无际

我的精神因此而无边无际

　　我无边无沿

三、我是谁

在温暖的草地上打开化妆盒

在约会前我再一次会见自己

为了接近国际标准

我开始大胆地修改鄙人

眉毛加长

眼睛加大

睫毛加黑

嘴唇加红

我是谁？

现在我又是谁？

光荣与羞耻属于这张脸会怎样？

属于另一张脸又会怎样？

我在为谁恪守戒律？

我是谁？

我的朋友，你为什么还不来

来看看我现在是谁

我将变成谁

情欲的洪水漫过了围墙

　　　我无边无沿

四、我不明白我自己

你要把我画成什么颜色？

黄皮肤吗？不，绝不

你不知道我的气息的颜色

我的感情的颜色你也不清楚

还有我的观念

我的幻觉

我的罪恶的心理

你都看不见

你看不见我的颜色

我也看不见我的颜色

我希望我是绿色

像鬼的颜色

而鬼果真是绿色的吗？

我希望我是白色

像天使的颜色

而天使果真是白色的吗？

无论恐惧的和崇拜的我都不太了解

我为什么要恐惧和崇拜呢？

我真不明白我自己

我永远也不会完全了解我自己

　　　我无边无沿

五、被缚的苦恼

案头书是一本历史悠久的典籍
我每日有两小时伏案攻读
这白色的长方形渐渐扩大
终于把我整个框在其中
长方形真是魔力无边
我站起它就变得长些
我坐下它就变得短些
任我变动
它紧紧随形
我的脚迈不出它的门槛
它跟随我到任何一个地方
任何时候与我同在
被缚的苦恼不如死
我在偷偷积蓄经验
酝酿一次爆炸行动
　　　我无边无沿

六、墙外是谁

五面墙壁切断了我的目光

肉体与天空隔离

我在室内安然洗澡

瞬间后感觉我是身处地狱

我迫不及待要冲出去

墙外是谁？

谁在墙外？

是谁？

墙外是谁？

我迫不及待要冲出去

我宁愿满身灰尘

是泥土做成

我不需要墙壁

那墙，一分钟也不要存在

　　我无边无沿

七、堕入黑暗世界

客厅糊满高贵的壁纸

你的语言像钟声回荡

这金属的声音把我包围

所有的道路隐而不见

我试图冲破这声音

却把它撞得更响

我只有飞快地书写笔记

那黑暗的字迹又把我包围

我堕入了黑暗世界

像瞎子寸步难行

你能否把我们已知的另做讲解？

你能否将你认为正确的给予否定？

愿你的语言是白纸，薄薄的

最好千疮百孔

　　我无边无沿

八、巴拿马封锁线

黄昏我逛服装自由市场

王子裤、东芝鞋、新潮鞋

这里简直是新名词发明处

我试身巴拿马裤顿时高度兴奋

双腿紧绷绷优美的曲线暴露

巴拿马把我的肌肉围困

我的步态立即向巴拿马投降

我要极力像一个巴拿马

巴拿马是什么东西？

为什么我要像一个巴拿马

巴拿马有道貌岸然的边沿

苛刻的边沿

蛮横的边沿

我能否走到边沿以外呢？

我能否在我愿意的任何时候

走到边沿以外呢？

　　　我无边无沿

九、一个金字塔

我回到家时已是月照小窗

家人们正襟危坐在餐桌边等候

我们分三面恭敬地坐好

一个金三角

一个金字塔

这古老的建筑光照世界

巨大、坚固、不可摧毁

谁也不知道它固守的秘密

它只沉默着，沉默

金字塔为什么不是一面或者几面

究竟谁应该光荣牺牲？

这禁锢的岁月还要多久

我已四肢僵硬

热血停止流动

这伟大的名誉我再也背负不动

我宁愿一朝毁灭

堕落成历史罪人

我只要呼吸，只要呼吸

　　我无边无沿

十、我的意义不确定

我在大庭广众下诉说秘密

毫无表情

人们从一百种角度观察我

得出一百种结论

我比你想象的还要好

你渺小的奉承让我发笑

我比你想象的还要坏

我知道你绝不会恐惧

因为任何人和我一样坏

舆论是个虚伪的家伙

我蔑视它，使它无地自容

我本来是不确定的

我的意义也不确定

知道我的名字的都想鉴定我

我因此失去了对话

我孤独地坐在沙土地上

生命默默地流逝

    我无边无沿

十一、生孩子问题

我是否要生一个孩子？

人类因我而延续

所有的男人都是我

所有的女人都是我

为什么我要再生一个孩子？

让他只认我一人为母亲

多么残酷

我擅自付出代价

债务却要孩子还清

让孩子认我，爱我，依恋我

注定有一天他会突然寂寞

为什么我要再生一个孩子？

建起这血统的牢笼

我不属于任何一块领地

我要走遍天下

　　　我无边无沿

十二、我把我丢失了

不知是哪一天我把我丢失了

我惊慌失措，全副武装去找我

到处都是我的弃物

诗集生了锈

道德已经腐烂

情书萎缩

还有许多意外收获

只是没有脚印

老朽的和新鲜的道路纵横交错

到处都是我的气息

到处没有我

我精疲力竭再也抬不起双脚

终于倒在天空下

忘掉了一切

哦，我突然感觉到了我

我在大地上嘣嘣跳动

我的形态和天空合为一体

我包罗万象无所不有

    我无边无沿

1986 年 10 月 11 日—13 日，北大作家班

叛逆的手

背景：手

这金色的栅栏

在太阳下到处建筑

一

你伸过这只手

用了三分之一个世纪

手与手相触

好比开天辟地

终于

你和我手拉手

穿过这一片开阔地

陌生的面孔如云

构不成危险

我们自欺欺人地无所畏惧

你的手炽热如火

态度冷若冰霜

坚定不移地犹犹豫豫
缠绵又用力
心安理得地胆战心惊
缄默地倾诉爱情
从这一天起
我能从全世界的手中
分辨出这一双手
平凡地充满特性

二

把你的手
放在我的头上吧
不要离开
愿你永远记住这一刻
记住我秀发如云
不长大多么好
多么好不长大不长
长长时间时间长长
永不长
一岁也不长

一月也不长

一天也不长

一分一秒也不长

就停留在此刻

生命就在此停留

停留但不要死

残酷地等待

等待一个光明正大的时刻

不要死死死死死

死了我也要

三

当你不想对我说话

或者想对我说话的时候

你就用手

手

伴着轻风来

无论有风或无风的时候

从天上来

我的身体因而像一片叶子

摇摇摆摆

想也摇摆

不想也摇摆

摇摆不定

地平线歪歪斜斜

土地在颠覆

手

这超语言的语言

超现实主义代表

我用每一块肌肉与之对话

它的声音无法破译

情绪派

没有主题

甚至毫无意义

这就足够了

足够挑起一场战争模型

四

当我认真地看你的手

我的整个的灵魂化在你手上

手

充满了温柔与暴力

只能属于我

你这孤独的手

孤立无援的手

我多想变得很小很小

被你握在手中

叛逆从手开始

那一个日子印有我们全部的指纹

圣洁和偶像像泡沫不堪一击

胜利者的灾难铺天盖地

来不及悔过

又以手相握

我们无法逃匿

没想过逃匿

罪名飘浮在空气里

像天空一样庞大而空虚

沉重而没有重量

视有则有

视无则无

我不会看手相

我想看懂你的手相

哪怕你厄运缠身

五

我嫉妒香烟

常常缠住你的手

你听凭我愤怒地叫唤

只皱住眉头

我产生了香烟的欲望

要在大庭广众下占有你的手

这一个想法的诞生是英勇创举

这是一次生死存亡的挑衅

好比鸡蛋碰泰山

你和我一起陷入了迷惘

可是总也等不到一个合适的场合

我们不由自主贸然行动

瞬间骚扰了众人

我们得到了被蔑视的肯定

成为人人羡慕的罪人

这是毫无道理的必然结局

这是一个喜剧性的悲剧
具有渺小的历史意义

六

让我们在太阳下手拉手
让手像金黄的钻天杨
向着天空展示
充分暴露
手，既不丑陋
也不具有罪恶本质
唯一的错误是
你的手翻乱了日历
这是一个若明若暗的日子
你却翻到了辉煌的季节
所以，不合时宜
噢，不合时宜时宜不合
时宜是什么？
时宜是明天就被遗弃的一物
明天的时宜又将在后天被遗弃
不合时宜真好

手的功劳万岁！

你猜我手里握的是什么？

它比罪恶更接近罪恶

它比毁灭更接近毁灭

它比幸福更接近幸福

它比自由更接近自由

它也在你的手

它就是你的手

1986 年 11 月 2 日，北京

跳舞的猪（节选）

黑森林坠毁了栅栏

野头野脑的你跑来

漫不经心地

踩着舞乐的节拍

皮毛发灰

可能很脏

你身上有腐烂的落叶的气息

一种奇香

立刻你就吸引了所有的少女

你选择了黑黑的我

我头上的发卡

是一片深蓝色的叶子

我珍爱它

珍爱这个凝固的梦想

我多么想把这个秘密告诉你

可是我不能

不能

对于任何愿望我必须备加提防

这是一支飞快的曲子

我感受到你健壮的四肢

在追逐

你的猎物

黑色的人群在旋转

你有一条不用记忆的道路

眼睛直视

耳朵不扇

我断定曾有遍地陷阱

可怕的灾难从四面围困

你鲜血淋漓

幻想上天堂

生的本能与死的本能

争夺着生命

铸造了你

放任自流的你

贪婪的你

短暂的你

今天你要把死交到我手里

黑发飘飘在白色的肩头逃亡

连绵的节拍像流水

童年流过

少年流过

青春也流过

在死亡的前夕我可否请教

关于快乐

用你流浪的生涯告诉我

我美吗?

那里森林是否可以居住?

什么是洞穴的快乐?

告诉我(用你的手足)

告诉我(用你的牙)

告诉我(用你的吻)

黑色的沉默弥漫了荒原

你好像知道许多生命的奥秘

……①

你朦胧的眼睛告诉我

你只能是艺术家

拥有很多混沌的真理

---

① 此处有删节。——编者注

野蛮的真理

渺小的真理

对于陌生的一切你那样胸有成竹

像一个巫神

你能透视我么

你能懂得我么

你任意追逐的一物

是可耻的人

黑靴子摇摇摆摆痛苦地挣扎

我受困于所有的人们

从长城到珠海到处平等

削足适履

地上布满残骸

我找不到一处安全的栅栏

你宽阔的胸肌冒着热气

眼睛放射的除了欲望

还是欲望

你根本不懂七十二条戒律

六种欲望完好无损

为什么你这样疯狂地追逐我

残忍的对比

唆使我要犯一个滔天大罪

你知道

哪里可以逃脱罪名

我要循着你的痕迹

找到栖身之地

黑色的布幔是柔软的梦境

现在我拥有了这个选择的世界

我仍然到处碰壁

找不到出路

绝望中我机械地数着节拍

数了一再数二就是节拍

节拍在空中巡回

惊天动地

你沉重而轻浮的肉体压过来

压过来

你憨憨的

露着尖锐的牙齿

我不熟悉另一个世界的笑容

我所熟知的禁忌像汪洋大海

你不可能拯救我
我是一个排我的世界
在每一个白天失去语言
在梦中丢盔卸甲
让我说
我说
对于你我无力抗拒

黑色的旋律像一股雄风
顿时思想混乱不堪
你的眼睛幽暗无比
好似万丈深渊
你盯住我弯弯的刘海
我就弯弯地流进你的气息里
你灰色的皮毛
迅速地长成我结实的外衣
我找不到我了
人啊，不要再梦想找到我
不要枉费心机
我是好女人吗
我贞洁吗

我是否应该收回那个叛逆的观点

我是否已经有罪

这些伟大的问题

犹如放屁

黑色的傍晚你还记得吗

黑黑的美丽就像今天

我们在小书摊前买了一张画片

　　　——"猪"

性格：本性纯真

　　　宽宏大量

　　　是乐观主义者

运气：在十二生肖中

　　　财运首屈一指

　　　无论从事何种职业

　　　都有可能成为叱咤风云的人物

——乐观加发财

这真是绝妙的人生

为此猪成为我最后的图腾

追逐我吧

猎取我

消灭我

我要和你融为一体

1986 年 11 月末

女性年龄

女性年龄

我从男人眼睛里
发现了
一个万劫不复的数字
充满死亡欲的数字

你在隔壁房间

墙与墙痛苦于对立的生涯
在灯光下敞开无望的温情
镶花边的乳罩左右徘徊
一直踱到荒外
一根白发闪闪
久久地吻着黑暗
你梦的呼吸
如此缠绵
我就这样守望着你

触摸你无形之形

没有人来敲门

一切自由都来自墙

夜夜是残忍的幽期

桌上的野菊花

我抢劫了这些野火

在它旁边颓然坐下

欲望汹涌地交流

卑贱的痛苦杂陈而下

我突然陷入了仇恨

恨卑贱的灵魂以外所有的灵魂

我们不可能完好如初

你凄婉的娇媚吞噬着我

还有多久

还有多久

我的美丽是万死一生

杯子

余温如水蛇游于空中

咬破了完美的空气

悲哀四散奔流

熏灼我的空壳

你的唇选择了它

它却无法选择你

无法选择

空间在缩小，缩小

一切被挤扁，化为乌有

只剩我和你的杯子

台阶

走下台阶

我朝着成熟下降

柔软的时间

脚步轻捷

三岁时我从这里起步

庄严地巡视

留下渊博的印象

从此我迷失了

再也找不到绣在我胸前的名字

现在我一片空虚
知识在我身体里腐烂
就要和我一起
复归泥土

影子

丰满的影子于暗夜中
千娇百媚
古老的河面没有皱纹
此时我一定光洁非凡
我仰起额头
毫无顾忌地接触月亮
月亮里有几个美丽的影子
固守着永恒的青春
肉体灰飞烟灭
我突然看见自己已血肉模糊

金黄的落叶

生命
毁灭于这个辉煌的日子

多么久铸成了这辉煌的一瞬

铺天盖地的堕落

是上帝的旨意

还没有回顾

已毁于一旦

落叶姿态蹒跚

无望的目光流盼

在悔恨中

怦然落地

我在纷飞的落叶中站着

有一种黄色的破坏欲

在升腾

流去的河

你静静地抚摸，抚摸

忘记了时间

我蓬乱的心被理得如丝如缕

柔软如初

你

无休止地到来和流离

实现和失去

你的平静使我的悲痛陷入甜蜜

我渐渐地飘走了，飘走了

向上游飘去

永远不要告诉我你将沦落何方

永远不要

我只望着你

任长发低垂

那扇门

我日夜冥想却不能识别的那扇门

深深的洞穴

岩石发出黑暗之光

我走进美发厅的玻璃大门

倾听透明的谎言

秘而不宣的事实

暴露于伪装

我厌倦了恭恭敬敬的美丽

我野蛮地对神说：

你真老啊！

毁灭性的报复终不降临

我付诸苍茫的跋涉

朝着那扇门

那扇门

有温柔的死在召唤

1986 年 12 月

黑头发

黑头发
青春的痕迹
在三月里奔跑
黑色的脆弱的叶子满天飘零
纷纷扬扬
铺满了三月

黑头发
在三月里温柔千倍
那些凋落的目光辉煌灿烂
记忆是如画的晚餐
妙龄时期在三月里复苏
走出没有性别的深渊
用柔韧的长丝包裹我吧
皮肤已苍老如云

黑头发

在沙漠与荒冢流离失所
在晴朗的天空风尘遮面
在雨中践踏泥泞
在火红的日子里黯然失色
我没有在镜中好好看过
我的黑头发
我想从此看上一千年

黑头发
蓬勃的野草
在卑贱的土壤里痛饮
摇摇摆摆
疯狂地生长着幻想
在破灭的日子里破灭
黑头发，并不知道

黑头发的经历
是我的经历
让我在这一刻死去吧
从此，从此，秀发如云

黑头发

流水一样

无法，无法！无法……挽留

就要沦丧

黑头发

火烛一样

就要流干眼泪

从此用什么照耀我的生活

黑头发

疲惫的野火

在最后的时光里凄艳地嚎叫

黑头发

黑色的柔软的旗帜

一个女性最后的骄傲

在三月的风中

千疮百孔

是的，她背叛了尊严的血统

没有贞洁的光芒

最后的骄傲，在三月里
自由地微笑

是瀑布，就要流淌尽了
是乌云，就要散去了
黑头发张大惊恐的眼睛
乞望的眼睛
等待着在你男性的手中
结为岩石

1987年3月25日

天涯海角

一、遥想

怪石嶙峋拍天而来

巨浪环舞

封锁了地球通往宇宙的道路

没有船

——那些人可以驱使的生命

有无数惊奇的眼睛云游天边

岁岁年年中凝固成黑色的星星

海鸟无法落下它纤细的脚

在礁石缝中洒下绝望的叫声

褐色的空气滚滚而来，滚滚而去

混沌

　　　清晰

混沌

　　　清晰

你凶恶的面目疯狂地占据了我

我日日夜夜预谋向你接近

我要成为举世温柔的一物
在命运的探险中与你相克相生

二、蓝水

蓝蓝的鬼横卧在天涯
还未被俘虏已害怕遗弃
大地和太阳已经没有颜色
离开你，我是否还能双目分明？
蓝中之蓝！腐朽顿为神奇
我一下子被染蓝了
无力地游荡，蔓延了你
成为你身体的锈蚀

三、远望

这是大东方的荒原
你这样荒凉地生长着已经有多久
太阳毫无意义地照耀着你
有什么能够根植在你动荡的心灵上
你的渴望无边无际
（正如我的渴望）

淹没了所有的道路

就这样，你期待在这里

彷徨无措，走投无路

这一天我们相识并且无可挽回

无边的我在瞬间与你重合

四、一瞬

我被抛到这民族的边缘

沉重的太阳下我神智昏迷而轻笑

柔水之环不朽的光辉在跳荡

我在很久以前就误入魔圈

现在，宇宙这样透明，薄薄的

好像一捅就破

这是一个从没有人做过的游戏

我伸出手指

只听天塌地陷，一声巨响

五、椰子树

没有你，不会有天涯吗

没有天涯，不会有你吗

我是你从古至今的客人

你是我从古至今的客人

我在遥远遥远的路上被你吞噬

你是那座开花的坟墓非我莫属

你不知道你在我的追赶中退避

在不可挽回的相遇中你成为英雄

我终于贪婪地啜饮了你的果汁

从此你平凡亲近对我就像脚

六、白沙滩

如雪白的羔羊临海边静卧

任太阳独揽，天空监护

在流浪的梦中获得自由

被众手遗弃

我要搅乱你起伏动荡的寂寞

我嘶喊着，赤身裸体踏过如蝗的诱惑①

我在空荡荡的地上站得太久了

你会为我而悲哀流泪吗？

在你洁白的沙子上追逐的痕迹

成为我不朽的烙印

---

① "如蝗的诱惑"，原诗如此，难解其意。——编者注

七、斗笠

我要戴走你这一片温柔的天空

无论何时何地

你的气息从天而降

在流浪中，成为我生死与共的伴侣

我从北方来，跋涉了这么远

相当于从地狱走到天堂

你的庇护突然降临的时候

我已经不能歌唱

有一些悲哀你永远不会知道了

还有

你是怎样装饰了我

（我的命运

我的悲剧的思想

我的朴素的眼睛）

你也不知道

八、礁石上的名字

你的名字，刻在蓝天下

在风狂雨暴中消失了鲜花

只有我的气息经久不散

围绕着你

注定了你的选择，你的选择

和名字一起不朽

你的名字，是一片红帆

在我心的海洋里永不沉没

你的名字将在我的诗行中燃烧

　　一千年

我的诗只为了向全世界、全世界

炫耀你的名字

1987 年 7 月，追记海南印象

金石滩咏叹

仙人腿[1]

大海退潮了
像一片沼泽
汹涌的激情被晚风折叠于沙滩

它梦见那个满天大火的日子
在东方，一个手持弓箭的勇士
烧焦的叶子披在肩头，
双臂张开，像古老的苍鹰
追逐着十个太阳
起起落落

天地默默无声
祈望着新的命运
烧弯的箭矢像鸟儿一只一只
茫然坠落

---

[1] 仙人腿及后文的玫瑰园、骆驼卧水、白发女神均为大连金石滩风景。

他倒在枯萎的田野

又于一夜间苏醒

直到大地的边缘涌起海浪

热水湾的浪花把白云一片片烫伤

它亲眼看见九个太阳在逃亡中

     劫持了勇士的头颅

闪闪的明眸颓然落地

被泥沙掩埋

万物在他身后节节生长

累死的勇士只留下弓影的一条腿

风风雨雨，锈蚀斑斑

像青铜铸成

沼泽一样的大海上

独一无二的太阳在跋涉

在凉水湾

无论手指张开或者垂下

都会触到勇士的血肉之躯

玫瑰园

哪里去了，玫瑰？
蜜也似的玫瑰
最美最迷人最高贵的名字玫瑰
东方之媚西方之恋玫瑰
情人销魂的手指眼波唇边的玫瑰
月光下的玫瑰

荆棘尽头的含笑的玫瑰
令高尚者谦卑低贱者尊严的玫瑰

令真理丑陋光荣暗淡的玫瑰
带王冠的玫瑰

只有玫瑰色的灵魂在这岩石里
在岩石里留下你玫瑰色的灵魂
只有这岩石不会凋谢
万物凋谢
只有岩石永存
永存着不朽的气息

不朽的美是一个梦想

人类之梦

而盛开的玫瑰再不会使人满足

没有人为这短促的芳香而陶醉

陶醉于灿烂一瞬的装饰

在这大陆与非大陆的分界

玫瑰向我们告别

只留下玫瑰色的醉意、玫瑰色的哀愁

    在岩石里

装饰延绵不绝的岁月

给人永不毁灭的欲望

人啊，再也不会从这里见到玫瑰

无论从这里离开大陆或者走上大陆

    再也没有玫瑰

骆驼卧水

你从一个世纪的干渴中走来

在波光灿烂的诱惑中迷途

终于落入深渊
威严的驼峰就这样滞留于无边之海
是你满怀激情而来还是被驱策而来呢？

白天，注你以大水滔滔
夜晚，注你以滔滔大水
那些沙漠的脚窝却不能注满
深深的、黑黑的洞穴诱你进进出出
有美丽的荆棘向你张开
柔情挥洒于斯，静卧于斯
生命开成坚强的花朵
夜晚，你看见闪光的沙粒布满天空
于是脚步缓缓跋涉，如云轻捷
白天，你看见太阳是那金色的驼铃
四野叮咚，响彻它的回声

可是，太久了
海浪一口一口分食了你的力量
任凭鸟儿疾飞炫耀锦绣翅膀
你再也不能背转身来

眼睛在旺盛的青春之火中堕落

成为灰烬

有一个梦想永远不会泯灭

在大风大雨的晚上你发出陌生的咆哮

有一条柔软的路铺天盖地而来

渴望被万里风沙埋葬

从此安卧于灵魂的乐土

白发女神

在一个银灰色的黄昏

我没有看清，大风里

海神怎样在深色的软垫上腾跃而起

四面八方银光灿烂

它的舞姿，一步跨过一亿年

它来自没有边际的边际

无拘无束，放浪形骸

拖着久蓄的白发欢叫着奔跑

以兴奋的手掠过隐蔽的星星

没有规则的跳舞森严壁垒

高亢的圣歌演奏在空中

鱼帆像受惊的白色鸟飞尽了

空旷的海面上刚健的涛声兀立

撞击千年礁石瞬间成为碎片

碎片焕发着粗犷的笑声

像花瓣漫天飞扬

蓦然回首，想起那些无意中毁掉的生命

只有它自己理解这种罪恶的光荣

它最终什么都抛弃于路

一个又一个相似相同的追逐

　　　　互相毁灭

　　　　灭而不死

　　　　死而又生

我双脚如雾飘摇于岸

灵魂舞蹈着超越大陆而飞升

1987 年 7 月

预 感

在我被羞辱的额前有树叶飘浮

如同那个夜晚暴露了我全部的欲望

我全部的欲望被砸毁在另一个夜晚

相思的时候柿子血红

我的相思跋山涉水要到你身边

我所占有的都曾经失去

阴晴雨雪，难忘巫山之云

现在是荒凉的夏天

我像一只破船搁浅于沙滩

落日垂首呻吟

海水深深的皱纹裹起我的名字

我的诗在女人手上潮湿无比

因为它包容了我一生的眼泪

陌生人之间

陌生人，谁能测出你我之间的距离？

这距离或者像欧洲和太平洋，

这距离或者只是不可再分的一层微薄的空间

也许只需擦亮一根火柴，

两个陌生的世界就可以互相看见，

也许面对面一分钟，

然后就可以跨进那个并不存在的门坎，

也许当敏感的手指碰到手指，

两颗心就奏响了一曲无声的和弦，

也许当脚印重复了再重复，

寂寞的行程就会消除韧性的防线

也许一次礼节性的谦让，

却彼此获得了索取一切的特权。

陌生人啊，当一切也许都没有发生，

你我就在交臂之间走过去了，

各走各的经过选择的道路，

直到死，我们没有一句交谈。

那两个辉煌的思想的碰撞是可能的啊!

……

然而,一切都没有发生。

因为陌生,我们不可能恨不相逢,

而这种恨几乎充满了我们每个人的生活。

我不需要望夫石

我不需要望夫石
阻隔你的不是道路和天空

你又在吸烟么
生命就这样一截一截地
化为灰烬

把你的手给我
在梦中
吸你的纸烟吧
这是唯一的无罪行动

啊，那颗彗星是你点燃的吗
她划破了封闭的夜空

海棠树下

像两条小路走到一起
这是一个天造地设的人字
这是时间与空间的合谋

茂密的海棠树下
一次次不必相约的约会
如期

卵形的叶子躁动不安
印满你黑色的衣裳
我绝不问
你从哪里来
要到哪里去

像两条小路走到一起
啊，这一个有罪的人字
这是土地与命运的合谋

我不想离去
你也没有离去
直等到海棠树长出青色的果实么
直到那果实变成幸福的黄色

断 碑

是树桩也会从伤痕处发出新绿的芽，

是山丘也会有野花从坚硬的岩缝里开出，

然而你心中的希望却发不出芽，

你的生命的旅途上也没有野花再开，

你想说话，却找不到语言，

你想痛哭，也没有眼泪，

没有人说得清你是从哪里来，

也没有人知道你曾经历了什么样的灾难，

你已残破，这就是唯一的事实，

你不想向谁解释也没有欲望要与谁交谈。

然而，你的残破给人们留下了想象的空间，

所有见到你的人被你的形象所吸引，

所有知道你的人想要了解你；

你的残破给人们以历史感和命运感，

所有深知历史的人都想研究你，

所有遭受过厄运的人都同情你；

你的残破给人们展示了一种性格的美，

一切柔弱的人在你面前都得到支撑的力量，
一切强悍的人都骄傲地引你为伙伴。
而你似乎并没有注意到眼前的这些，
你只是怀着一个朦胧的愿望注视着远方，
要在这里独自默默地等待千年万年！

潮

潮，你究竟为了什么，
一次又一次，冲向历史划定的这一条界线？

时间的栅栏，宣判了你是永世的囚徒，
而无形的吸引俘获了你的安宁，
世代的压抑随时随地在爆发。
面对躁动的大海和大陆，
你无法抗拒造物主为你敲响的生命之钟，
于是每天每天，你要重复你英勇的抗争。
太阳和月亮永恒地照在潮间带上，
夺取了又失去，失去了又夺取！

彩色的水鸟盘旋了一周就飞去了，
沙枣树缄默着，闭上了绿色的眼睛，

——四周的时空，
是生命无法逾越的鸿沟。

这汹涌的血之潮，
咸味的泪之潮，
青春永驻的渴望之潮啊，
随涨随消。
这充满情欲的奋不顾身的冲锋，
这企图摆脱囚笼的全力的挣扎，
这瞩目新天地的梦一般的飞腾，
这妄想摧毁界限的叛逆的行动，
被太阳的刚利之剑、月亮的温柔之剑
打退了。

一边退却一边洗净伤口，
一切教训都成为更大的引诱，
潮，野羊群一样奔跑着又冲上来了！

三月雪

三月雪挂满了十月的篱笆
我的季节错乱了

春天，空气炎热
七色花一朵一朵地开了
又一颗一颗地结果
六月，没有下雨
果子稀落
叶儿开始枯索

现在是金秋十月
却只有冰冷的三月雪
挂满了篱笆

S形的大西洋

S形的大西洋
宽阔的弯道通向天穹
野性的太平洋
星星轨迹一样的椭圆
大海，地球上的自由神
我今追随你的脚印
世上还有什么道路如此荣光

我听到沙丁鱼哗啦哗啦的喊叫
我听到赛音鱼声音悠扬
成群的火体虫散发着幽光
大海，愤怒还是柔情……
　　　　都宣泄无遗
没有任何刀剑能把你刺伤
你还有许多秘密深深地隐藏

我把自己交给大海
却不知道航行的方向

让帆儿任意地选择吧
海上没有古老的城墙
陈腐的教义无处结网

沉醉，还是清醒
涉向深海，还是回到岸上
"活着，还是死去？这是一个问题。"

——而我只是为了自由
自由！自由
我需要的只有这一样

教 堂

我认识家的时候就认识了这座教堂
教堂和我的家哪个更古老呢？
我从家门出出进进
教堂的门却从来没有开过
我在离它很近的地方站着
祈祷有可乘之机让我钻进大门
可是教堂的门锈迹斑斑
我更加焦灼地站在门口
我知道，有一个圣徒
没有出来

1987 年 7 月 15 日

你隔着金色的栅栏

你隔着金色的栅栏向我凝望

而我不知怎样才能靠近你

不知怎样才能握住你的手啊

当我叫着你的名字

四面八方响着这个美妙的回声

我却看见你披上了罪犯的囚衣

我理所当然地成了你的同谋

我多么痛苦地骄傲啊

只有这时我才如此贴近你

分享你的罪恶与光荣

我手中的玫瑰砰然落地

秀发迎风飞散

毁坏我吧，肆意地侮辱我吧

我宁愿伤痕累累

失去最后一件体面的衣裳

是哺乳世界的女性啊

是健康的女性

我没有羞愧

如果世界上只有一样东西可供我拥有

我抛弃一切只要你

这是一个不可饶恕的罪过

这是无可选择的选择

我就这样沉默地坐在东方的土地上

任凭温柔的云纷纷坠落

什么时候

将有人性的证明

什么时候

天空长满青草

我和你一起私奔

你的恐惧

你的恐惧来自你的伪装

你面对的并不是什么敌人

他手中拿的并不是新式武器

他也无意向你进攻

他眼中闪射的是人的渴望

他手中拿着的是一段歌唱

你的恐惧是由于你不懂得它么

像孩子惧怕陌生的人

你的恐惧是你没有看清

这些字对于你是多么熟悉

就像你熟悉自己身体的任何一部分

你逃避它们已经太久了

你为了捍卫假设的真理而发出愤怒

你的眼睛拒绝灵魂的眼睛

你的理智拒绝你的欲望

你为了精心走完这小小的一段路

收回了远大的目光

你为了保持自己高尚的形象
害怕摘下假面的伪装
为了证实你的权威的力量
把他当成了假设的敌人

小巷的雨

雨被拒绝在我的尼龙伞上

是从什么时候

我

不愿雨再来敲响我的头发

我真是痛苦不堪

我不能赤裸了身体接触到雨

那时我在雨中飞跑

睁大眼睛

我知道雨中会有小鱼飞来飞去

那是从我家附近的河里飞出来的

还会有青蛙在雨水里躲藏

它是从哪里来的呢?

我不记得在雨中见到过小鱼

可是我绝不敢怀疑

我的确在雨中见到过小鱼

如果我怀疑这一点

真可怕——

就是怀疑雨

把我与天空连接在一起的雨

毫无顾忌地抚摸我皮肤的雨啊

在人流中

这是我孤苦无助的时刻
没有人注意到我的不幸
也没有人注意到自己的不幸
这些人，充满了每一寸空间
像秋天里苹果园的叶子
显出艳丽的红色

你愿意听到赞美吗

你愿意听到赞美吗？人啊
我也愿意，但同时我也愿意受到诅咒
因为我身上定有一些东西不为人了解
我对我自己也知之甚少
我相信有些人甚至完全不了解自己

你认为什么是光荣的吗
而我认为没有什么是不光荣的
诅咒我吧，人啊
我不再与我的祖先一样
不与我的同行们一样
甚至不与我所崇拜的人一样
最可诅咒的是
我不与所有完全正常的人一样正常
我忘记了那些庄严的禁忌
漫不经心地践踏了它们

人啊，当我说人是什么

你为什么愤怒啊

你不愿意了解你自己吗

你愿意这样压迫自己的本性

修饰成一个有体统的人

直到死亡

你以为你在生前得到了许多吗

当你死的时候你会知道

你得到的并不是你需要的

我被毫无意义地剥夺了很久

我从没有这样自信于我的健康

我感觉到的你也一定感觉到了

如果你不理解我

你为什么要诅咒？

如果你理解我

你为什么要诅咒？

我从没有这样自信啊

我可以怀疑神圣的人们，有权威的人们

绝不怀疑我自己

我的生命和所有伟大的生命是相同的本质

我的灵魂和肉体感觉到的一切
我绝不怀疑

我禁止不住地笑出声来
要我怀疑吗？
怀疑树上长出的青色的叶子
怀疑星星发出的灿烂的光辉
怀疑大海发出的狂放的喧嚣
怀疑野兽的奔跑和哀鸣
不，我绝不怀疑

给我的读者

你是一个身体健康、精神正常的人吗?

那么你可以作我的读者

我所诉说的你一定能够知道

是的,你知道,像一片叶子懂得另一片叶子

我的激情震撼了你么?

那么,你和我有着同样的激情

朋友,当你读着我的诗

是你在倾听我呢

还是我在倾听你?

我们都是被压抑了这么久

我们的悔恨与绝望重于泰山

朋友,我要告诉你

你的一切渴望都是天经地义的

读我的诗吧

除了我,有谁能够诉说出这些渴望呢?

你向我走来

你向我走来
健壮充实，富有弹性
你从一条干涸的河道走来
（那里曾经水源充盈）
你的眼睛似乎也干涸了
喷发着明亮的火焰

你走来，向着一个孤寂的灵魂
她在东方的浓云下漫游
已经很久很久

她在风雨中湿透了
她渴望晾干自己
即使燃烧
这时候
这时候
你的火焰掳去了我的衣裳

孤独者

她在开满窗户的房间里暗自哭泣
可是，她到底要什么呢？
她走下空荡荡的台阶
她要去哪里呢？
她在人流中行走
有谁可以和她对话呢？
她对熟悉的人们报以微笑
有谁知道她不解的忧愁呢？
她在鲜花丛中站起来
有谁知道这时她心中是多么空虚啊

我尽其所有都给你

我尽其所有都给你

我的歌

我的呼吸

淋漓的眼泪

我的桂冠如果你不稀罕

就随手扔掉

我的爱如果你想珍藏

尽可以锁起

只是有一样东西

我要与你平分

那就是——自由

不要折起你的翅膀

不要折起你的翅膀

当风和日丽，你心情愉快

或者当你寂寞无聊

甚至被海市蜃楼深深地吸引

那么，去漫游吧

在每一个夜晚我等着你

夜不成寐

无论你什么时候回来

我相信，固执地相信

你的眼睛会望着我

望着我，充满干渴

又像海水在风暴中涨潮

要把我淹没

这就是十二月

这就是十二月——最后的季节

冰雪的大门隆隆地打开

地上布满秋花落叶的残骸

冻僵的河水

死一样的白桦

最后的季节在冷风里微笑

它说：你必得经过我的王国

你是生命

最后的季节，把那些温柔的日子

残酷的日子

不加区别地

酿成透明的酒

埋在柴门篱下

多么想

多么想在海滨大喊大叫着向你扑去

像一片拍响礁石的海浪

多么想说：我爱你！轻轻吻你

在朋友们相聚的晚会上

多么想黄昏时坐在木桥边

只为你唱一支热烈的情歌

多么想在夜深人静

让我的脚镯声声一直响到你的门旁

可是我没有

我把乱石尘土一层层压在心头

唯恐它发出什么声响

我就这样屏息悄悄地向你走去

啊，你也不要开口啊

让那个老朽的魔鬼听见

　　　会有灾难从天而降

把你野性的风暴摔在我身上

把你野性的风暴摔在我身上
把我发上的玫瑰撕碎
扔进风里
当太阳忽然跳进乌云里躲避
把你愤怒的雨抽在我身上
在烦恼重重的夜晚
用你的痛苦折磨我
在你心焦如焚的时候
把我的泪当水一饮而尽
用你屈辱而恐惧的手抓住我
像抓住一只羔羊
看着我在你脚下发抖吧
这个时候
我愿对你彻底屈服
这个时候
我是你唯一的奴隶

石门①随想

我走进世上最古老的穿山隧道石门
这需要多少艰难的工程才开出的门
我想到了另一座门

我进过猿人的山洞之门
我进过华丽的楠木大门
我进过苗寨的茅草门
我进过侗族的黑洞洞的小木门
我进过皇帝的墓穴之门
我进过领袖的卧室之门
我进过总统套间的金色的大门
我进过装满鱼蟹的渔船的舱门
我进过关押杀人犯的铁门
我进过寺院、教堂的肃穆而高大的门
我进过北方农民深深的窑洞的门
我进过站满队列的兵营的大门
我进过火热的盘条飞舞的轧钢厂门
在暴风雨的傍晚，我敲开陌生人的门

---

① 石门是世界上最早人工开凿的穿山隧道，在陕西汉中。

在深夜，我悄悄推开我的情人的门

可是有一座门我始终没有找到
我只知道，要打开它非常艰难
因为找到它就已经这样难了
它没有形状，没有颜色
也没有一个方向可供你追寻
我只知道，找不到它我的生命就没有意义
我所进过的所有的门也没有意义
我宁愿丢掉我手中的一切
无所留恋地去找它
我准备忍受孤独
在白天或黑夜一人上路
那一扇门啊！
闪射你的不朽的光芒吧
好让我看见
即使你远在天庭，在十万大山那一面
我一定寻你而去
可是，那一扇门啊，它在哪里？
我的双目就要失明了
为什么还不见它的光芒？

1987 年 10 月 8 日

秦岭随想

一

雄伟的南北分界线高耸入云，
有一棵柳树在这里唱着北方的歌谣，
有一棵棕榈在这里唱着南方的歌谣。
它们不知道，这里是一条分界线。
我惊奇，分界线上竟有这样广大的土地！

二

太阳照耀着分界线的两边，
分界线的南方很美丽，
分界线的北方也很美丽。

三

棕榈说：我是这里的主人！
柳树说：我是这里的主人！
棕榈说：你在这里多么不合时宜！

柳树说：你在这里多么不合时宜！
它们不知道这个简单的真理——
在分界线上是没有是非可言的。

四

在这看得见的国土上，分界线举世公认，
在一些看不见的领域里，分界线极难划分，
很少有人能够划得准确。
无休止地划分这些并不准确的分界线，
是我们世代的悲哀！

1987 年 10 月 8 日

流浪的恒星

一

太阳啊，你皮肤如此粗糙

满是疤痕

我已经衰老

至今无家可归

我在被囚中到处流浪

我在流浪中到处被囚

没有栅栏的囚所

比栅栏更坚硬

我羡慕那些轻松的流浪汉

我看见金星的浪漫的浓雾

火星的红色而温暖的荒漠

而我是光芒四射的囚徒

我被这光芒烧灼

忍受这地狱般的炼火

我想离开这一个活着的墓地

承受一次突起的宇宙风暴

或者天火燃烧化作流星雨
或者预谋一次大爆炸
化作漫天灰尘
只要去流浪

二

天边的黑夜像黑色的产床
我身体里面有一个魔鬼要出世
痛苦不堪，我仍无法生出他
我想砸碎这无形的囚所
手指像树枝纷纷飘散
在草丛中憩息
树枝编成罪恶的荆冠
疆域无边
自由的鲜花在思想的大火中焚毁
只剩下不朽的锁链
我试着迈出自由的一步
只一步
就接近了万丈深渊

三

那顶草帽飘到山谷里去了

妈妈……

排成人字的大雁群从北方来了

哪里是我的春天的乐园呢

在十万大山之间传来隆隆的响声

那是黄果树大瀑布悬在蓝色的天边

我冒着漫天的水雾走进半山壁的水帘洞

伸出手，让大瀑布砸响我的手掌

惊天动地的水声把我震呆了

我好像在经历着历史的毁灭

我就要在毁灭中获得新生

那只白绒布的小兔子不知丢到哪儿了

妈妈，在这瞬间我已长大成人

我的肉体渴望来自另一个肉体的战栗的激情

我的灵魂渴望来自另一个灵魂的自如的应和

四

在数不清的寒夜我四处徘徊

在哪里能够遇到你呢？

和你一起紧紧拥抱着度过黑暗的夜晚

功名和桂冠对于流浪者是无用的

声誉像手纸不值一钱

我需要你，需要你，需要你

我只是不能为你准备一个温暖的巢穴

只要有一个草垛就够了

只要有一堆篝火就够了

只要有一片杂树林就够了

只要有一个干燥的岩洞就够了

那一天的夜晚

你寻着那条长满野草的小路走来

我和你，逃避了无情的戒律

在这里，把你强健的胸膛压在我的胸上

把你粗鲁的手指插进我的秀发

你用一个亲昵的词连连呼唤我

我也用同样亲昵的词轻轻呼唤你

当你累了，就软软地躺在我的身旁

让我倾听你粗声的呼吸

当天明了，你愿意和我一起去流浪吗

如果你不愿意，那么再见

我们在下一个地方再见

可是我们还没有分手

已经被巡夜者捉拿

他们不可能再给我增加耻辱

我是一个囚徒

五

那幽暗的原野，哪里是边缘

发着微光的地平线就要消失了

我应追随它而去呢，还是背道而驰

那条打鱼的机帆船就要起航了

我跳上船，坐在高高的渔网上

船要到哪里去呢

那遥远的秘密的波浪诱惑着我

那里是否可以使我得到满足呢？

在黎明朦胧的天光里我发现了奇观

我的东西南北有四座圣像

东是苟活

西是死亡

南是永生

北是不朽

苟活？不，生命这样短啊

短得像一柄剑

与其苟活，不如勇敢地寒光一闪

死亡？不，我有许多许多宿愿

而现在还没有实现一件

永生？不，那要有多少伟大的功绩

而我的才能还不够拯救我自己

不朽？不，那要是一个道义的担当者

公众的榜样

而我内心有一些叛逆的欲望

啊，进亦难，退亦难，生亦难，死亦难

我被逼疯了

站在原地大跳，大吼

散了头发拼命地舞蹈

我变成一股长头发的风

在四面墙壁上往返碰壁

希图找到逃亡的缝隙

直到精疲力竭，倒地化为尘土

六

我那只灰色的小狗呢
它在我离开家的时候就不见了
我的小狗啊命运多么可怜
只有我知道它如何留恋那个小家
那扇油漆剥落的大门
我的小狗啊多么幸运
第一次失去了教导它的主人
一个奴性的灵魂被放逐了
一个受辱的生命脱离了围困
灰色的小狗啊去流浪吧
你的生命就是你的全部真理
如果世界上只有一个自由
我愿与你平分

七

自由！与生俱来的一物
被社会一寸一寸地剥夺
我落地生根，即被八方围困
我学会走路，便被锁链而牵

我学会说话，便越来越恐惧地选择语言

我学会爱，便面对一万个先决条件

当思想还没有成熟，身体却成熟了

像需要呼吸，需要吃饭一样

我需要身体所需要的一切

我抑制得就要枯萎了

我必须离开既定的禁地

为了健康的生存

抛弃所有的奢求

我用尽人类高于动物的所有智慧

为了追求与动物同等的权利

悲哀呀，悲哀得没有眼泪

我终于只有流浪

让我一无所有，像一只悠闲的狗

　　一只饿狼

我身上的羊毛裙已经发黑

我脚上的牛皮鞋已经开裂

我为什么要在意，为什么要修饰呢?

那吃着野果的大象身上沾满厚厚的泥巴

松鼠披一身长长的土色的毛

它们以自身为荣，从不刻意伪装

也不懂得互相嘲笑

这样自自在在地生活该有多好

我愿像那只健壮的狼

赤身裸体在草原上飞跑

把羊毛裙当作与情人同卧的睡床

八

当我体力稍支，我就继续寻找

我知道它是世界上最稀少的一物

它躲在不为人知的角落向你呼叫

使你日夜不安，寝食无味

我想它是一件表面拙朴的宝贝

被一个不知姓名的人拾去了

我要翻山越岭去找那个人

山顶的雪积起又融化了

草地上的鲜花盛开又谢尽

我的秀发变成一片灰色

羊毛裙变成褴褛的碎片迎风飘舞

我要找的一物仍然没有找到

我没有遇到那个不知姓名的人

我睡过岩石，喝过龙泉水了

我在大瀑布下痛快地洗了澡

我的情人啊在我召唤的时候如期而至

与我共度良宵

我们在一起挥霍得一文不名

在漫长的旅途上卖艺为生

我走得太累太累了

缓缓地倒在白云下

苍鹰啊，啄食我自由的灵魂吧

我为自由而生

也为自由而死

九

我心中这一个目的啊

为了实现它我才走了这么遥远的路

这一个可怕的目的啊

我不可能把它想象得十分清楚

我甚至对我的情人也不能说清它

它不可能赤裸地面对任何人

我就这样孤独而压抑地又上路了

欢乐对于我像掠过头顶的鸟鸣一样短暂

而悲哀像千年大树在心中生长

有一些语言我不能说出

有一些感觉甚至变不成语言

有一些语言见到思想就疯子一样地逃亡

我有着健全的声带和舌头

可是失去了表达的功能

朋友们，陌生人啊

如何你理解我，我就不必说了

如果你不理解我，我有什么必要说呢？

十

三十六岁的年龄已经很老了吗？

现在除了相信自己我还相信谁？

我驱赶着灵魂走进圣人的宫殿

我所反抗过的我必得重新膜拜

加缪说：你的生活是荒谬的

荀子说：你天生就是罪恶

萨特说：你的存在本身危机四伏

叔本华说：你的生命是盲目的

尼采说：你的命运注定是悲剧

万岁！这些伟大的恐吓使我清醒

我再不与任何痛苦纠缠不清

我放弃了一切挣扎，不再修身养性

我昼行夜息，按照我的意志独自走去

在我所到之处没有不可忍耐的荒凉

因为我的灵魂曾比这更荒凉

无论黑夜或者暴风雪之中

我不感到压顶的恐惧

因为我的灵魂中有一个魔鬼

它比任何东西都令我恐惧

啊，我的灵魂经受过一切灾难

它再也不会被摧毁

十一

来，我给你这小小的礼物

它是一支没有开放的花蕾

它那样天真，涉世未深

它的理想是在光明的太阳下得到所有人的爱

它的本能是欲望和生殖

生命将因为它而延续

世界将因为它而永恒不朽

朋友们，陌生人啊，亲爱的读者！受此贿赂

请不要忘记有一颗流浪的恒星

它的肉体被囚禁

它的灵魂将终身流浪

你也许会在一片草丛里找到它

那时候，对于你所见到和听到的一切

不要声张

1987 年 10 月 29 日

无名墓

无名者啊

你的秘密的名字像太阳抚弄着我

使我沉入深广的欢乐

你像花一样开过了，又凋谢

没有什么需要人们谨记

你生前也是无名的么

在所有你到过的地方没有签名

你的光荣被罪恶抵消

你的创造被挥霍一空

你给别人快乐而自己并不痛苦

你拯救他人而自己并不牺牲

你的灵魂的呼喊淹没了你的荣誉

你的暴露的情欲毁坏了你的名声

我想，是这样的……

或许你生前是辉煌的巨星

而现在

现在是地上的陨石，平凡而生动

1987 年 10 月 30 日

给一位女诗人

野性伏在你孱弱的肩膀上
随时准备大吼一声
你纤足踏过的浅浅的脚窝里
愤怒在疯一样地生长
你的悲哀埋在深深的笑靥下
每时每刻，化作黑夜流淌
当你禁不住一声笑
垂直的长发像黑瀑布哗哗响
走进家门你无家可归
在遥远的湖上你丢失了双桨
如果我无力救助你
让我和你一起面对死亡——
黑色女性啊

1986 年伊蕾（左）和一莲在鲁迅文学院

墙[①]

火一样

焚烧了我又使我温暖

我远远地瞧着它

那些鲜花，曾潮水般把它淹没

又在它上面溅满热血

高贵的血统

光荣世代相传

成千上万的卑贱者向它投去信仰的

怀疑的、热爱的、憎恶的、尊重的

轻蔑的、关怀的、冷漠的、亲近的

陌生的、祝福的、诅咒的、期待的

绝望的、渴盼的、灰心的、狂热的

死寂的、镇定的、惶恐的、忧郁的

开朗的、悲哀的、快乐的、不幸的

幸福的、沮丧的、得意的、自卑的

骄傲的、痛苦的、欢乐的、文雅的

粗鲁的、正经的、淫亵的、痴呆的

---

① 此诗有删改。——编者注

狡黠的、阴险的、敦厚的、和平的
挑战的、友好的、仇恨的、温和的
凶恶的目光

1987 年 10 月 31 日

噩 梦

我被绑在火刑柱上
火刑柱设在一个现代的广场
四面干柴伸出愚蠢的舌头
准备着那噬血的一刻

塞维特斯①这个瘦弱的狂人
竟和我绑在一起
他声嘶力竭地大声咒骂
而我因过度的愤怒而周身无力

该有什么话要对这个世界说呢
塞维特斯在呼唤上帝
可是我没有上帝，我说：
"未来面对现实只好沉默"

今天的真理要在明天发光
今天我以这个罪名死去了

---

① 塞维特斯：中世纪西班牙科学家。

明天人们会因这个罪名获得光荣
我的名字将因我可怕的命运而不朽

刑场的大火从四面烧起来了
我的平凡的肉体惊恐万状
塞维特斯和我一起大喊着："不！不！"
我就这样大喊着从噩梦中醒来

1987 年 11 月 30 日

我的肉体

我是深深的岩洞

渴望你野性之光的照射

我是浅色的云

铺满你僵硬的陆地

双腿野藤一样缠绕

乳房百合一样透明

脸盘儿桂花般清香

头发的深色枝条悠然荡漾

我的眼睛饱含露水

打湿了你的寂寞

大海的激情是有边沿的

而我没有边沿

走遍世界

你再也找不到比我更纯洁的肉体

我的肉体，给你财富

又让你挥霍

我的长满青苔的皮肤足可抵御风暴

在废墟中永开不败

1987 年 12 月 2 日

玻璃一样晶莹而高贵的

玻璃一样晶莹而高贵的那是我
看穿我只需要凝眸一瞬
打碎我只需要弹指一挥
可是要到达我的身边
需经过意想不到的距离

1987 年 12 月 5 日

祈 祷

看到乌鸦的翅膀
我恐惧太阳的消失
爱人啊，用紫色的双臂围紧我
无论你叹息着或者沉默

在乌云下，用你深沉的眼睛看着我
让灼热的光辉射穿我
在玫瑰的皮肤上留下永不消逝的烙印

在飘摇无定的岛上我召唤你
温柔的声音潮湿如雨
我收集那些硬壳的黑色的果实
作为我们丰年的新奇的补偿

如果你把大海捞尽，都给我
我贪婪的心啊……
如果你有所遗忘
我贪婪的心会变得疯狂

如同一把火你蕴藏着最热烈的感情
你也会在风中化为灰烬吗
你的赞美那样朴实而迷人
像秋天里满山的红叶
在冰霜里会凋谢吗

我偶尔离开自己的位置
在黑暗中倾听你
我带着芳香四溢的花环归来
接受你的辨认

像沙漠中干渴的旅人
透过语言，我向你张着焦躁的嘴唇
那颗香甜无比的禁果我们早已品尝
请给我一颗长青的果实
请给我不死之水

我在你灵魂的土地上筑巢
请容许我，帮助我躲避深渊
我能够永久居住吗
一百年，或者一千年

我的欲望是野火

最卑贱，最惨烈，最炽热

最无畏，最持久，最贪婪

夏天里我的手臂葡萄藤一样鲜嫩

渴望收获又害怕收获

秋天里将会落叶纷纷

在雨雪交加的晚上我梦见

我的头发在你的手里忽然变白

你会在漆黑的岸上长久地等我吗

等待那个相会的日子

在那个飘着咸鱼和烂白菜味的城市

我为你做一百种面食

或者在昏昏的灯光下啃法式面包

你看我的手指不是太粗太笨了吗

女人啊，一转眼就衰老

我把幻想系于这一块光辉的石头

永不腐烂永不变质的一物

比地球更永恒

无论人生或者自然的灾难降临

我会先你而死

1987 年 12 月 8 日

这里是一片焦土

这里是一片焦土
经历过心灵的战争
断壁残垣，寂然无声
你从哪里来？勇士
这样充满信心
在这里刀耕火种

我干枯的眼睛里又有了泪水
感谢上帝啊
给予我如此际遇
不死的生命又开出花来
娇纵我吧
我要疯狂地生长、生长
然后让你劫掠一空

只因为你的一个暗示

只因为你的一个暗示
我就仓皇而来
不只由于你的神秘微笑
不只由于我畸零无侣
从薄暮时分到晨星辉映
从树荫苍郁到大雪残年
我忘记了时间
闺中的乐土一定长满了荒草①吧
我从此失去了最后的领地
与你相伴
直到地老天荒
如果你是一座冰山
终要弃我而去
我是多么悲伤
不过，亲爱的，我只要
只要一个暗示

---

① 原为"草荒"，似不通，编者改为"荒草"。——编者注

你的荒凉的歌声

你的荒凉的歌声把世界向后推，推

推下地平线

野花就一下子长满了大山

这唯一的世界啊

被你热烈的声音震得松软如棉

小鸟成千上万从地上振翅而飞

袅袅地飞高，飞远

你儿时遗落的山柴就要遍地燃烧

将燃未燃，泪雨凄惨

一棵树从没有这样孤单

天已空，山已荒

只有你的声音流浪谷底

妹妹啊

以风为翅，以云为裳

落入深渊

1987 年 12 月 9 日

逃

日日夜夜，我们逃
不分方向，不分道路，只要逃开

胡乱翻一翻列车时刻表
找一个最陌生最陌生的小站
争分夺秒我们逃

面孔逃开面孔
眼睛逃开眼睛
名字逃开知情者
肉体逃开夜巡警

我们相遇就是罪恶，从此
我不想蹈海而死，无罪而死
逃到哪里我们仍是逃犯
是逃犯就得继续逃

或者误入陷阱
或者重返天堂

游乐场

出售欢乐的大交易场

打扮得童话一样天真

纸币用来买欢乐

有什么比这更值得

水中安然游荡

空中惊险旅行

我就要溶化于水

成为草木芙蓉

我就要掉出这个星球

成为宇宙中的一粒微尘

　　　毁灭的快乐啊

　　　再生的快乐啊

我是水中的尤物

天上的尤物

不怕斥逐

不再寄寓他乡

　　　疯子的快乐啊

痴人的快乐啊
一转眼我用光了纸币
再见！快乐
我知道你是短暂又短暂的
不论购买、创造、等待或者寻觅

石榴树

把红头发摔在油漆的门上
玷污那些干干净净的大字
一个完完整整的躯壳
被当作供果

让肮脏的灰烬落满全身
愤怒的花有谢有开
把坚强的名字付之一炬
在五月的火里

季节的魔爪啊
快一些剖开我的心腹吧
让潮湿发霉的儿女
得见太阳

1987 年 12 月 10 日

月台上

这个时刻，伸出魔术的手
把哀怨和争吵制成甜蜜的馅饼
把甜蜜的日子制成咸涩的眼泪

而这一切太渺小了，渺小如云
包括罪恶、惩罚与光荣

铃声一下子把故事搅乱
你淹没在遥远的水里

绿色车厢缓缓地把世界切成两半
一半，疯狂地掳走
一半，弃之如敝屣
我们本来就是两半
现在又是两半了

喝一杯酒，女人

喝一杯酒，女人

没有少女的娇弱老妪的持重

潇洒举杯，轻理云鬓

不是酒徒，不是醉汉

女人之意不在酒

不是借酒浇愁不是醉生梦死

喝酒救不了女人

痛饮此杯吧

痛饮此杯

不愧为男人中的女人

痛饮此杯

自觉得美丽风流

痛饮此杯

说一句傻话、疯话或者黑话

痛饮此杯

从此女人不再淡如水

十一月的情歌

在灰色的天空下
你的双眸如此鲜艳

我的嘴唇绕着你的气息跳动
像啄食的小鸟

披肩发笔直地下垂
在摇首中作响，叮叮咚咚

悲哀在冬天的寒夜里被你温暖
冰消雪化

而你茫然的眼睛里有大雾涌动
我的心中残花如雨

燃烧的手指渐渐冷却
灰大衣像一只失去魅力的狐狸

悄然落地

心儿被柔水早已浸透了吧
随时会涌出泪来

你的声音为什么充满了魔力
把深渊填满，让海潮层层后退

十一月啊，十一月啊
你到底需要什么样的火焰？

我以心为土，以泪为水
在你的路上栽满葡萄

烛光晚餐

烛光从手指上升起，
金色的羽毛在额前飘摇，
心思变得很轻，站立不稳，
这金色的小船能载我们走多远呢？

刀叉叮叮发出暧昧的响声，
我们散漫地轻声谈笑，
像两片树叶子在幽暗里沙沙响。

恐 惧

大树经过一个夏天便枯萎了，
树叶子一片一片飘落，
像一滴一滴浑黄的眼泪。
当我照镜子或不照镜子的时候，
我恐惧着，
头发像一群黑鸽子，
在风中扬起翅膀，倏然飞去……

没有誓言的日子

没有誓言的日子

像花朵默默开放

当我向你递上这朵百合花

我的心一阵惶惑

一百年是我的整个生命

一百年是整个世界

我不是那个女先知

那个西比儿①说：我要死

而我怀着无畏的柔情

想到我的愿望我就茫然

我不会为此而羞愧么

我要的是你

又不是你

我要的是那个一百年仍然是

与我相生相克的你

让那些陈旧的誓言死去吧

让那些预言死去

---

① 希腊神话中的人物，传说中能预言未来的女巫。——编者注

我们一起来创造今天

多么好

我们的日子是没有誓言的日子

黄 昏

黄昏是一片秋天的草地，
我在这儿寻找那个失落的记忆。
　　它是什么样子呀？
　　它究竟是什么呢？
草儿发黄了，
依然那么温柔，充满情欲。
我的心是这不安的黄色，
喝醉了酒，跳着，舞着，
倒在落日里。

十 月

卵形的叶子禁不住大地的诱惑，
从高处向下快乐地游动，
是死？是生呢？

我是多么渴望接触你，
我因为恐惧我的欲望，
就要逃离你——

一个灾难

我把爱情从黑夜带到白天，
我把你带到这光明的草地上，
亲爱的，这无疑是一个灾难。

黑大衣

在天空灰白的翅膀下
我们温和地分手

你伫留在斑马线的另一头
像冬青在瞬间枯萎
黑大衣在膨胀、膨胀
神圣的光环砰然破碎

凄风，无雨
受难者的眼睛啊
不要再望着我
不要乞望把罪恶与我平分

我是无助的
无助有如衰草、流云
我无力将你惨白的手指温热
无力独自走过另一个冬天

一个生命对于另一个生命
是这样地无助啊

别了！对于我
这是一个多么耻辱的时刻
请你永不要忘记
这一个可鄙的人

向黑色的受难者望最后一眼
然后怆然逃离
逃离，当我还能逃离的时候

陌生的前额

陌生的前额
像一片冬天的沙漠
短暂的相识这样脆薄
我因此害怕碰破你

陌生的前额，在溪流声中
哼着一支零乱的小曲
啊，只在瞬间我就厌弃了你
因为我感到了羞耻
我厌弃的是我自己

可是如何逃避呢
你的纵容使我大惑不解
无法走出这一片沙漠

死 水

再也开不出一朵湿淋淋的花
甚至泛不动一丝热情的涟漪
沉默，是一具僵硬的狮子
却像午睡一样甜蜜安然
在梦幻中挣扎、搏斗
时光消逝，死水
就要在空气中腐烂

在客轮的甲板上

海洋整个地沦入我的怀抱，
在我的怀抱里粲然微笑，
太阳把红色的披风披在我们肩上，
这时候，你望着我。

我望着远处躁动不安的海平线，
看浪花低下头飞快地洗脚，
看游客们脸上的残光，
这时候，你望着我。

天狼星用它发光的爪在天空乱刨，
云彩悄悄落下了深色的帷帐，
甲板上的灯光不知怎么褪尽了，
这时候，你望着我。

你的眼光比黑色的海水更柔软，
你是一片光闪闪的波浪就要打湿我，
一生一世这样望着我吧，
亲爱的，我爱你！

你的微笑

你的微笑
是尖刀刺破篱笆后
露出的自由之地
我在上面尽情地玩耍
忘记了忧愁和恐惧
快乐使我站立不稳

穿灰斗篷的姑娘

擦肩而过的一道光辉
是穿灰斗篷的姑娘
啊，乱草地上一朵灰色的玫瑰
芦苇丛中一只高高的灰鹤
是太阳在燃烧中流出的灰烬吧
灵魂里还闪烁着未泯的光芒

你这样忧郁
线条模糊
是什么使你失望了呢
你形容暗淡
悄无声息
是什么夺去了你的艳丽

所有出身卑贱的人都怜爱你
所有高雅非凡的人都钦佩你
　　复活的童话

现代的风范
一个充满诱惑力的
暧昧的女人

红玛瑙

红玛瑙，在我的胸前
像一颗红豆成熟了
我的胸脯散发着树脂的芳香
我的双足像树根追踪着水
追踪着你的脚印

红玛瑙，像一只火狐
在爱的原野上奔跑
我的四季是这样美丽
没有人知道我为什么变得
如此娇媚

如果，这是一个灾难的标记
如果，你永不再来
我恐惧着，恐惧着，红颜褪尽
眼泪像岩石
心像大水

女性心态

犹如被正午的太阳一劈两半
我
一半是实体，一半是虚幻

我在烟雾腾腾的小屋见到你

我在烟雾腾腾的小屋见到你
那时你笑得近乎嘲弄
那时我木然如同白痴
我们彼此不屑一顾
（来历这玩意儿真是坑人）

又过了很久很久
那时你热情老练不卑不亢
那时我恭敬谦虚不即不离
我们彼此置若罔闻
（再没有比灵魂更需要安宁的了）

又过了很久很久
有一颗种子偶然落地
你发誓这是一颗奇异的种子
并亲自灌注以圣水

忽然，天降大水
淹没了种子
也淹没了你和我

又过了不久
忽然云开见日
种子果然开出了奇花
我们彼此微微一笑

你的眼睛就是我的镜子

你的眼睛就是我的镜子
我竟然相信，我还年轻
心像小兔子，分外敏感
在阳光下也有几分惶恐
灵与肉从没有这样柔软
柔软，像一块发黄的餐巾
只为了你那漠然的目光
我在洗脸的时候
哭了很久

初夏的海滩

初夏的海滩
像一颗冰凉果
在蓝天下闪着幽光
爱人，到这里来
它期待着我们火热的嘴唇

初夏的海滩
像一颗冰凉果
它有一颗巨大而安宁的心
靠近它，一切都安然无恙
爱人，我们到那儿去

冰凉果是一颗禁果
尝了它就是自由的开始
像鱼一样选择向左或者向右
没有人惩罚这些鱼形的脚印
爱人，我们可以安睡

致一尊石膏像

打开小木门只有你迎接我

你的永不熄灭的目光

是拯救我于绝望的太阳

我已熟悉了你静穆的气息

和你巨大的沉默

我并不知道你是尊贵的王子

还是牧羊的少年

时间带走了你的生活

带走了那个世纪的荣光

如果你认为有什么值得夸耀

请千万别开口

在你宽边的帽子下

永恒地注视着我的

是你男性的忠诚

这就够了

历史注定了我们不会有共同的光荣

可以分享

宽容我吧

这一个世纪的不幸的女人

如此依恋你啊

十一月的雨

细雨像尖锐的针从天空落下
把行人的脸画成有裂纹的图案
雨在光秃秃的树枝间走过
再没有叶子和果实将它挽留
一对情人的花伞在泥泞中叹息
路灯把懊丧的目光摔在它身上
温柔的天使，在不合时宜的日子到来
遭遇了不幸的命运
颓然落地凝成破碎的冰凌

我和女友咪咪跳的圆舞曲

快三，快三……

用甩直的长发划圆

用相对的红唇划圆

用你咪咪①的眼睛划圆

用我黑黑的眉毛划圆

用你宽宽的额头划圆

用我高高的鼻子划圆

用你修长的手指划圆

用我秀气的小腿划圆

用你灵巧的脚腕划圆

用我红色的牛皮鞋划圆

快三，快三……

我们涂掉了大地上所有的线条——

冲撞的，交错的，迟疑的，松垮的

划满我们的一个又一个圆

胸脯飘成朦胧的彩云

---

① 咪咪：疑为"眯眯"，但咪咪似亦通，与"女友咪咪"
有双关之意。——编者注

裙子开成并蒂莲

快三，快三……

1987 年 12 月 11 日

一枚枫叶

用你鲜红的齿咬碎那些记忆吧
让我走开，然后你随风飘散
（那个失魂落魄的英俊的身影
喧闹中孤独的山啊）

树林间那股吹过的风吹过去了
要补缀你，比补缀那风还难
这小小的叶子生来就有三裂
我的心是在颠颠簸簸的日子里成了碎片

是久已蓄谋？
是不期而然？

1987 年 12 月 12 日

郊 游

阳光赤着脚在落叶上走
茂盛的野草悄悄唱着我们的名字
我的语言坠在长尾鸟的翅膀
在枫香树间奔走
我闻到回音袅袅的天空有一种异香

拉住你的手，我就是孩子
怪叫一声，我就是野兽
在深黄的土地上怡然小憩
在你胸脯的温床上筑巢
我的无法表述的快乐是一只草狐

在暮色里烧一丛野豌豆吧
然后任篝火陨灭
天地合围

你的秘密

你的秘密像死亡女神的背影
我没见过她却并不陌生
她有着灰色的美丽嘴唇
她的话以绝望的欲望蛊惑人心
　　你的秘密是芳香的野花
　　她浸染了你也浸染了我
你的秘密之树的果实鲜红而苦涩
留下难以言说的回味
　　你的秘密的大雾落满平原
　　使我无意中向你靠近
你的秘密是贪婪的昆虫
她在你空白的时间里寓居
织出没有道路的罗网
　　秘密的野草长满那条荒凉的小路
　　　　淹没了黑寂的坟

花园里

情侣们纠缠在一起的身体
像无数的云在我眼前飘来飘去
喧闹的地方再没有一寸空地
而宽旷的地方更不适宜
空白的长椅潜伏着危机
湖上的小船像没有护卫的流星
令人担心沉没或者粉碎
我躲避每一双擦肩而过的眼睛
沿着石子小路和土路乱走
像一块空虚的绸子在风中抖动
无所依附，忘记了方向
偶然有向我张开的嘴巴
比野兽的鲜红的嘴巴更令人心悸
我手足无措地逃跑
像一只惊飞的白色鸟

散 步

向东，或者向西
有一个不是目的的目的——
散步
散了说笑，散了忧愁，散了心事
把汇集的痛苦四散驱逐
落花一样
又把这段空洞的时间迅速填满
把一切想到的往里装，装
相约的和不相约的都来赴约
回忆穿上新衣，云锦一样漂亮
想象在地上奔走，身体健壮
欲望领到了合法证书，冠冕堂皇
你的目光从四面八方来
化成我口中熟透的果实
你的身影闪着金色的小火
走进我黑洞洞的寂寞

河边的石阶

石阶下的河里浸着旭日和渔网
我在清早就瞪着眼睛
要看那些会蹦的小鱼怎样上当
我在石阶上坐着，上学的时间还没到
我看淡绿淡绿的河水
我把心也泡在这奇异的世界里
与那些眼睛看不见的秘密共存
放了学，我和杨子背着书包坐在石阶上
内行地诉说家常
看红红的落日走进那座圆顶的大楼

我坐在石阶上，今天没有夜班
我让河水温柔的手指抚弄我
使我僵硬的情绪变得很软很软
水波闪闪像一群流浪的野鸭子在游
我和小黄谈论着莫名其妙的事件
幸福，染上了疾病，正在腐烂

天下最柔最弱的土壤啊
最适合栽植我龟裂的心
愿成为娇嫩的睡莲
在此长眠
成为落叶一片
被河水侵蚀，永远永远

我生于水，还将复归于水

夜 餐

夜餐把夜晚一分为二
把我的诗情一分为二
把我与你的分离一分为二

这时
我看壁灯的彩光为你镶上花环
听你的低语像萤火虫在暗处闪亮
这时的你，温柔如纸
你的目光，海滩一样

想把时间都给你
想把时间都给你的愿望
为了逃避创造和走进创造
这里，是一个小小的港湾

镜 子

那些赞美在脸上淌成皱纹的小河
幻想的花朵枯萎了，落满窗前
你是一片透明的花瓣镶在我手上
另一个我陪伴我从生到死

我怕和朋友一起走到你面前
任你捉弄
——无法贿赂
我没有勇气再见你
我没有勇气不再见你

长途电话

你的清晰的一声答应，像雷声
炸碎了我的语言
我慌乱地四顾寻找
捡拾语言的碎片
这些碎片滚烫滚烫
沾满血迹

有无数黑色的翅膀潜伏在四周
太阳很暗

古老的壁毯

像生锈的小船久已抛锚
我在船舷外和船舷内
像一个奇迹般醒来的公主
那烛光，深深的洞穴中的火焰
照亮了陈年的宝剑
它的气息，像长满苔藓的森林
腐败的野草
艺术女神坐在房子的角落
向空中徐徐吹拂着花瓣

蓝花花

灰色的波浪里开出蓝花花
蓝花花，被水洗过
　　　　被雷滚过
　　　　被风撕过
　　　　生生死死折磨过
晾在天空下

还是土一样干净
还是土一样耀眼
合拢，是一滴清泪
盛开，是蓝色的月亮

织蓝花花的线有万丈长
你的情有万丈深
那只悲惨的小船漂远了吗
我们至今不敢开怀大笑
百花谢尽了蓝花花不谢
开在你辛酸的歌声里
开在你的生命里

一条胡同

这条温暖的产道，柔软的产道
有一天，我背着绿书包走出这里
走出这个城市
从此我的眼前飘着童年的小花布
流浪的男孩子的合唱声
撒迷魂药的老头穿着黑大褂在敲门
我吓得在门后发抖
那扇有着小铁门的大铁门
我们跳猴，跳房子，跳橡皮筋
跳，跳，跳，或许因为我属兔子
我从北方、从南方回来
我的身体和灵魂的归宿
夏天，这条胡同像清凉的海水
从我指间流过
雨天，我蛰伏在这里，像无助的小兽
要告别这条胡同
只有一个可能——为了爱情

要是爱情上遭到不幸

我又会来这里求得新生

这条温暖的产道，柔软的产道啊

1987 年 12 月 18 日

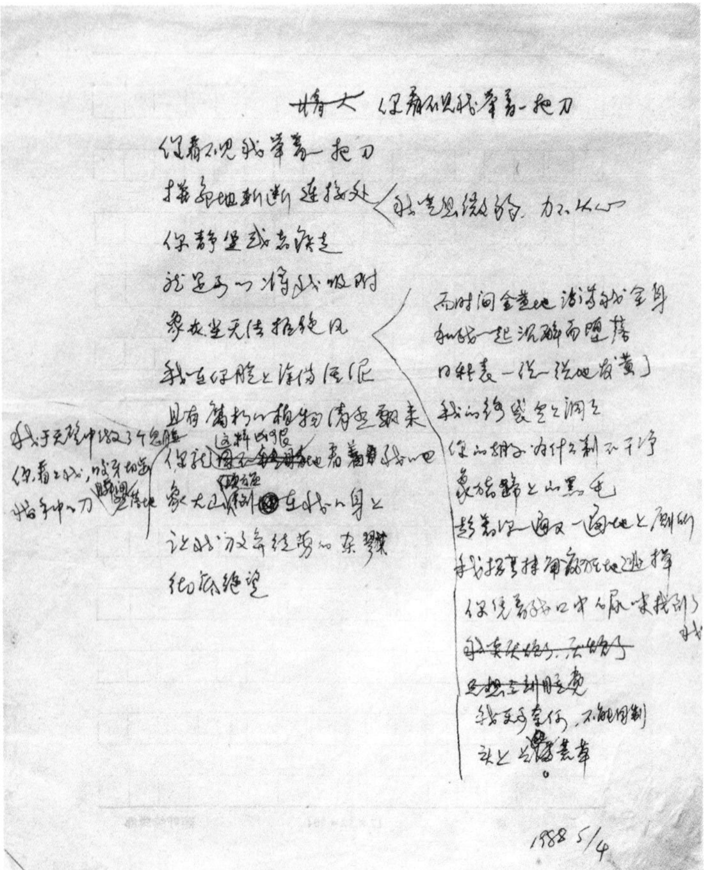

你看不见我举着一把刀

你看不见我举着一把刀

...

1988 5/4

《你看不见我举着一把刀》 手稿

独舞者

心灵的苦难伸出舌尖
和长发一起飘摇
每一块肌肉都张开口
发出尖锐的嚎叫

活生生的肉体的气息在弥漫
挣扎着的肉体
要把灵魂撕裂的肉体
落入了噩梦

一株疯了的玫瑰
在飞舞
把鲜血的颜色涂满空中
涂在我滚动的心潮上
涂在我洁白的手上
在暗淡的光中
枝叶飘零

1988 年 1 月 6 日

蕨 草

蕨草，形如凤尾的蕨草
象征着吉祥的凤尾
祝愿着吉祥的凤尾
在祝愿着谁
　　　不幸的人接受了祝愿依然不幸

蕨草，绿翡翠一样的蕨草
顶着珍珠似的露水
这么多，是古代后妃的凤冠么
这么多凤冠留给谁戴
　　　女人戴了它依然是女人

蕨草，火烧了又生的蕨草
从灰烬里装扮出新的生命
难道真有不死的灵药
难道真有人需要它
　　　俗人吃了它依然要死亡

如果在一生中受骗两次的人
是不可救药的傻瓜
那么，谁又能保证
在幸福、荣誉和生命的引诱面前
　　不受骗两次

字

当夜晚只剩我一人
这是暴虐横行的时刻
我把你的字字字字字字
　　交给火
——这唯一的不是地狱的地狱

（形象在火中升起了
时间在火中汇合了
你我在火中坐了
你的手，真热
你的泪珠，沉默
你的话，金子般闪烁）

为什么真实的一定要毁灭？
难道心灵只配成为灰烬？
难道文字只能是契约的奴仆？
难道文字就没有人格？
——这唯一不算虐待罪的虐待

（能够领会的不必诉说

能够诉说的不必写着

能够记住的不必留着

好在我们的心还跳着

好在我们的唇还活着

好在我们的脑还醒着）

字字字字字字

且请去那没有生命痕迹的荒野

那黑色的沙漠

在那里活着，并且祝福我

终有一天能同你们会合

神女峰

你高得不见容颜啊
把无据的传说留给人间
我多么想结识你，结识你
告诉你关于我的传说
幻想着你的美丽我爱上了女人
想到你的柔弱我的心有强风吹袭

当你孤独的形象悠然飘过
我感到痛失知己
女人啊，无论她多么神奇
总有难言的失落

像黝黑的水泼在我身上

像黝黑的水泼在我身上
像岩浆陡然把我覆盖
我溶化了
变成你胸前的一掬灰烬

梦想着像秋花一样美好
面对你微笑
心儿却像潮水
四散奔流

方舟在飘，在飘
你真的没有看见么？
我多么想像雷声在你身边炸响
让雨把你的眼睛打湿

我毕竟温柔似水
只因为你我无力自拔

我更知道无力求助于你
——时间哪，快点过吧

方舟飘远了，飘远了
你不相信吗
虐待我，粉碎我吧
我要凄然而去

可是，当我背转身去就想再见你
即使山洪没顶
即使误入深渊
只要再见你

1988 年 1 月

红线绣的名字

红蜻蜓啊，绕着我的胸前飞吧
在我丰满的乳房上憩息
我已长大成人

三个红精灵消失的那一天
我在干什么？干什么呢
它走了，带着安宁的眼波
红光闪闪的眼波

我想，它在风雨中锈死了

后来，我的名字变成了黑色的乌鸦
飞向那些不为人知的角落
被人追逐
它飞得好累好累啊

那个红线绣的名字
像三颗相思子
在我心中发芽，长成红豆树

有一些小事

有一些小事
小得嵌进回忆里
拔不出来

在一个枯燥的日子

在一个枯燥的日子
下了一场雨
从此四季潮湿

你的信任变成了我的自信
这无价之宝
再难偿还

一句话

一句话
从一张卓有名望的嘴里说出
到处流传
把它的网挂在路上
使每一个自由行走的人
惨遭不幸

你的愤怒是死亡道路上的暴风骤雨

你的愤怒是死亡道路上的暴风骤雨

你的笑容是死亡道路上的花朵

死亡道路上的伴侣啊

任何人都是这样的伴侣

却没有人为这最可忧虑的事情忧虑

没有人抵抗这个不可抵抗的事实

这样一个恐怖的结局

使我勇气倍增

足以视一切灾祸而不见

雪

大雪，黎明中
毫无意义地在城市上空降落
毫无意义地坐在我家的石阶上
我照旧醒来
每一个快动作都充满价值
我的脚印，在大雪中洞穿黎明
从厨房通向工厂

我无法摆脱我的
大雪一样纯洁而无意义的思想
来吧，又一个工作日
在应该到来的时候
我的快乐随工作诞生
在闲暇

思想漫无边际地生长
来吧，春天

雪化冰消后

我依然如故，毫无意义的

大雪一样的思想

两个溜冰者

一个溜冰者
在青色的河面上
画出一个又一个白色的圈套
他想捉住什么呢
直到天将迟暮
他提起冰刀走出河面
沉甸甸的，他的全身
他究竟捉到了什么呢

又一个溜冰者
在青色的河面上
画出一个又一个白色的圈套
他想捉住那个忧愁
直到天将迟暮
他提起冰刀走出河面
轻轻松松，他的全身
他庆幸那个忧愁陷在圈套里了
他走着走着，全身沉甸甸的
原来，忧愁蹲在他大衣口袋里了

一间小屋

铁栅间一整夜一整夜响着风声
出门去！出门去
可是钥匙在哪儿呢
魔鬼的脸时隐时现
要我答应一个小小的条件——
对一切听而不闻，视而不见
这条件看似渺小
却得以我的灵魂为代价
我要出门去！出门去
我正梳妆，灰发于瞬间委地

1988 年 1 月 17 日

你在山那边

你在山那边
只有这一座山了
这一座山阻住了必由之路
这一座山，想象多高就有多高
我，在沉默中历尽曲折
在夜晚恶魔缠身
渴望有云飘然而至
渴望月上中天
无论我留心张望或偶然目光所及
你的面孔在人群中闪闪烁烁
似是而非，似是而非，似是而非
在白皑皑的天空下
我多么想确认你
确认你啊
这是一个无法实现的事实
你在山那边

我的鸟飞到柳树上

我的鸟飞到柳树上

我的鸟飞到杨树上

我的鸟飞到枣树上

我的鸟飞到榆树上

我的鸟飞到桃树上

我的鸟飞到梨树上

我的鸟飞到杏树上

我的鸟飞到槐树上

这是什么树

如此陌生，浸透芳香

我的鸟飞到这棵树上

它不知道该往哪儿飞了

这个季节

一阵风吹落了团团花瓣
爱情使所有的树结满了果实
你就穿着那件黑衣裳来吧
让无情水火把你辨认
我不能消除不能消除的渴望
无视你将使我自身受到损害

用一片树叶吹响这条小道
你的脚印就落满了树林
玫瑰花啊，要开放就开放吧
纯洁的生命必得染上风尘
我一天一天懂得了自己
战胜了恐惧我再也不会生涩

我沿着那棵倒长的树走去
残酷的历史令我毛骨悚然
难道今天我能满足于

再不把数学判为恶魔

让我赤手空拳站在阳光里

与那个红色的字作最后的决斗

被掐死的花蕾

这个红色的瘤子在盲目地膨胀

四野一片五光十色

这个没有嘴巴的小东西更没有眼睛

就这样默默无声地睡着

有谁需要它

有谁愿为它承担生的罪恶

过去死是一种罪恶

你愿意或者无意都将下地狱

现在生是一种罪恶

你愿意或者无意都将蒙受侮辱

像天空不堪重负

把精致的小生命大批大批地摔碎

而我身强力壮

没有一样需要承受

我在渤海湾边最后决定了自己的命运

我幸运地编好了独立的花冠

然后，用廉价的金属手指

掐死了这朵花蕾

像吃掉一个鸡蛋

精神为之一振

从此离群索居

迎春花

一

把我镶满你的皮肤
我要和你一起盛开
让我的嘴唇长成你的花瓣
让你的枝条长成我蓬松的头发
我呼吸着你的黄色
在万物中通体透明

二

我的黑头发，掩住我青春的年龄
像掩住一只小狗
在黑暗中垂着麻木的舌头
迎春花！遇到你的照耀它疯了
被你蓬勃的美丽所吞噬
我的年龄，扬起破碎的手
重新开花

太晚了么？噢

如花似玉的睫毛已经苍老

粉红色的眼泪锈迹斑斑

我却从不知道自己是女孩子

曾经有一片晴空属于我吗

曾经有一个小巢属于我吗

曾经有一句誓言属于我吗

曾经有一种荣耀属于我吗

这个世界啊

把属于我的那一小份弄丢了

我头脑发呆，举止僵硬

柔情喘息着面临死亡

三

三月，三月，三月

迎春花！沿着地平线燃烧

我在大火中柔软曲折

欲望强盛的手臂把你攀折

在无名者的墓前我放声大笑

死者，请记住我的活泼的生命

我与每一个幽灵都太近了
现在我要区别于它们

在这野地荒冢
你是唯一的秀色
野火蔓延
在草丛中摇起辉煌的头冠
为我铺好金色的睡床吧
我是成熟的女性
足可抵御你的侵袭
把你沉重如山的金色砸在我身上吧
在我浑圆的肩头印满你的齿痕
让我们以手相交，达成誓言
我要和你一起享誉荒野

一经我的抚摸
你就柔软如缎
飞满我的双颊
我把头深深埋进你的芳香
心神安逸如一片羽毛
这荒凉的一角因为你而胜如天堂

我的被单浸透永世的骄傲
这个世界，只有你与我同在

四

迎春花，你装饰了我的幽居
我真想在此长眠
你在我的黑发间飘
你在红色的泥巴间飘
你在油彩的裸体上飘
你在世界语的字母中飘
你在我的睡裙上飘
你织成了漫天情网
我无法逃脱，不能逃脱

我的眼睛是无垠的土地
栽满了迎春花
你是这样铺天盖地而来
你是这样无边无际而来
迎春花，你纯洁鲜美
犹如我的肉体
陈旧的手触动你如亵渎上帝

五

你的褐色的枝条在我手中
缠绕千年
黄金花永不生锈
使我心旌摇动的黄色啊
诱惑我从古至今
那些枯燥的棺材一样的日子
我点燃自己，蜡烛一样呼救
被涂炭的欲念发着臭味
我心思毁灭，面目焦黄
是你新鲜的手指洒下圣水
我醒来，精神紊乱，困兽一样
迎春花！我若饥渴而死
将饮你而再生

六

感受，是命运赐予的野果
当你的疯狂摇撼我时
我早已疯狂

这么多的黄花女儿素妆而来

这么多的金币如雨如雪

我要尽情享用你的贞操

　　　和你的富有

让我长卧不醒

宁愿身陷地狱

绝不悔恨终生

七

我就是那个与你相契相和的人

我就是那个占有你又放纵你的人

你的血肉已经筑入了我的躯壳

无论得到你或失去你我都无比充实

你偷偷吞吃了我的忧愁

把有毒的思念做了圣餐

我的梦天鹅绒一样舒适

你就是那个我的永不出世的婴儿

给我享受

又报答我

我是多么依赖你啊

可是，可是，在黄昏

我看见整个宇宙

　　落

　　　　花

　　　　　纷

　　　　　　纷

1988 年 2 月 6 日

车 站

车站的钟声撩开我的睫毛
我像一个教徒那样准时
害怕失去的
是我动荡不安的灵魂

仿佛要在这古老的城市尖顶
栽下一朵浮云
噢，我多么希望开出娇艳的花
要怎样才能安然入睡
要多久才能不厌弃
我想钻进发黄的经书
重新做人

把我的忏悔当作白葡萄酒一饮而尽吧
你的到来是我的节日
当我把惶恐偷偷关进粉饼盒子
像希望，你再也找不到

非非女士

穿梭的小轿车像你流动的秋波

我不能断定你是否快乐

穿起你的长裙子跟我来

放下你的泥塑和油画跟我来

我们喝一杯咖啡

让你的热情把我熏成五香鱼

我爱你义无返顾的失去

天真幼稚的获得

你默默的，嘴唇总在思索

你的泪水情不自禁

像玫瑰滴露

我知道有一些记忆，在你心中

像扇贝合上了可爱的眼睛

我怎能不与你泪水交流

你的脸又被太阳洗得光洁如瓷

笑波荡漾

像一朵永恒之花

你是一块厚厚的巧克力

你是一块厚厚的巧克力
黑色的笑容把我拈去
你的语气温存灵巧
像给一颗熟栗子剥皮

认识你是我固有的天才
我把情欲藏在水里火里
你的不可避免的摧残
点燃了我纠缠不休的欲念
温柔和暴力历尽曲折
我们互相矛盾又自相矛盾

你的烦恼已有千年万载
拯救你如拯救我一样艰难
画地为牢
听四面楚歌
又被八方自由团团围困

你这样高大健壮已有千年万载

你漫不经心地走去

心事重重，食欲不减

我依赖你将自取灭亡

我想我归顺你已有千年万年

就这样，我在远方迎接你

你走来

永远步步逼近，步步逼近

你的自卑像山岗子无边

屈于不得，耻于平凡

怯于一个陌生的责备

却在刀剑丛中背水一战

你平静地撕碎了光荣的标记

成为自投罗网的罪犯

你的勇气是毁灭的勇气

再生的勇气啊

你骄傲，尚有余力可以回天

你的焦躁像雪崩

大地砸成白色的碎片

我的饰物一无所有了
赤着脚，在你的身边溶化
如果你是英雄
我是断壁残垣
记载一代光荣

我是那一颗遗落的种子
为你而生
如果你嫉妒繁星，光明会失散
栅栏是骚扰人的童话
你若当真将有危险降临
而你的训诫生生死死
我面对你哭哭笑笑

你这样狡黠敏锐属于谁
你这样憨直粗鲁属于谁
目光扫过之处已荡然无存
为什么你痛恨我的苦恼
要改变你会枉费心机吗
想到它的末日我心惊胆战
我飘摇无定，眼泪落地无声

水一样粉碎，云一样粉碎
在一举手一投足之间

雨声淅沥，阻断了海妖的歌声
面对你就是面对整个世界
我不断地探索你
不断地陷入困境
为了自由必须彻底绝望
你的背信弃义使我决定了终身

1988 年 2 月 13 日

你看不见我举着一把刀

你看不见我举着一把刀

拼命地斩断连接处

我气息微弱，力不从心

你静坐或者疾走

就足可以将我吸附

像灰尘无法拒绝风

而时间金黄地沾满我全身

和我一起沉醉而堕落

日程表一张一张地发黄了

我的绣袋空空洞洞

你的胡子为什么剃不干净

像猪蹄上的黑毛

趁着你一遍又一遍地上厕所

我拐弯抹角疯狂地逃掉

······①

我无可奈何，不能自制

头上长满荒草

---

① 此处有删节。——编者注

我在你脸上涂满污泥
且有腐朽的植物清香飘来
我于无望中做了个鬼脸
你看看我，咬牙切齿
我手中的刀瞬间落地
你就这样凶狠地看着我吧
像大山砸到在我的身上
让我放弃徒劳的杀戮
彻底绝望

1988 年 4 月 5 日

信

流水一样若无其事
走过你的心上
偷偷地回眸
匆匆
黯然神伤

这个简简单单的字藏着我的阴谋
我的阴谋
用血凝成
每一次留下新鲜的创伤

这些平平淡淡的字要把我逼疯了
亲爱的
远离千山万水
把你的手放在我的唇上
心就要呕出来了
小心把你烫伤

哦，什么时候能够对你说——
　　不!
大山轰然崩溃
成为岩石下的岩石
独守空房

1988 年 7 月 27 日

同窗恋人

第一天我的眼睛仍在漂泊
看见你就在你的眼睛里靠岸
你的微笑是帆
一起走？
一起走！
一起走……
我的日子没有目的
灵魂如肜云飘散

这是桌子吗？仅仅是桌子？
是什么永生不灭地立在窗前？
而你，无法判断
无法判断啊，却
一下子浸淫了我的梦境
像上个世纪的伴侣
又复团圆
古香古色的天空分外安宁
肉体和肉体开成花瓣

上课了，像两颗星星隔得很远
下课了，像两驾乱跑的马车时时撞见
到夜晚，我们和黑色的树叶子一样
在摩擦中迷乱

暴涨潮终于来了
我的牙齿和神经一起发抖
你在纸的正面和背面写满胡言
可是愿望像空旷地带的野狗
腹背受敌，没有救援
愿望带着伤口，像一束红花
我知道带伤的东西非常美丽

就这样无拘无束，手拉手
吃饭。吃饭。吃饭
然后面对面吸一支香烟

翻遍了庞大的图书馆
找不到一本书可以看
好像世界的末日就要来临
我夹起书包落荒而走

你成了我智慧的源泉

我于是知道了我的一派薄媚

竟是辉煌灿烂

情话一相撞就迸出火花

我们的争执像宇宙黑暗无边

你的粗野和谄媚折磨着我

似懂非懂，创造与再创造

犹如读书万卷

这一扇窗子我等了一百年

等你等了一万年

明媚的雨期啊快来吧

我要从此安居

1988 年 8 月 28 日

在白衣庵的住所

铁门在地震中倒塌了
童年的倩影不翼而飞
伙伴们长大了，生下小伙伴
花砖地被一堵一堵矮墙埋葬
留下一个缝隙塞满各种腔调
关于气温、菜价和外甥……
而诅咒像蛐蛐藏在墙角

房间像一只年久的皮鞋
我在里面捂得发臭
我不时地伸出头，像一只乌龟
呼吸到满嘴垃圾
头上下各种物质的雨
时刻小心在一秒钟内葬身

我属于这个古老的柔性家族
一年吃五十回生日面条

无可奈何的温情像空气

撩得我眉开眼笑

没有空间提供我冥想爱情

黑色的墨水代替眼泪

胡乱涂满一叠白纸

到夜晚我的眼睛被挤扁了

就此安息

1988 年 9 月 3 日

红 门

红门紧锁着
在我的睫毛上变成残丘
永生永世没有打开

你见过红门打开吗
那是副食店的肮脏的小门
我打了一瓶酱油就出来
那是学校的堂皇之门
我翻遍那堆烂纸就出来

你见过太阳裂成两半吗
所以，红门不会打开

我在红门上写了诅咒的字
把一些罪恶的勾当钉满门扇
红门，居然一点一点剥落着
苍老的生命又雨雪纷纷

宽恕我的愤怒和我的喜悦吗

因为，我就要死了

你啊，你啊

敞开你腐蚀的红门吧

让我进来

1988 年 9 月 2 日

梦中的儿子

在夜的天光里我成为迷鸟
终于找到了我的儿子
他端坐在另一个小孩的身旁
痴痴地望我
"我的儿子"
我禁不住怦然心动

你是我毕生的勇气啊，儿子
你的到来是一个秘密
我毕生的犹豫，毕生的等待
毕生的祈求，毕生的绝望
我最渴望的我一直回避
我最想往的我一直拒绝
可是儿子
你的母亲是一个女人
可是儿子
在我活着的时候你不会出世了

我已没有青春的血可以奉养你

你就活在我的梦中吧

你将得到绝对的庇护

像快乐敏捷的夜莺

不易窥见姿态

我一生都想念着你，为你心疼

你没有另外的名字

你的名字就叫

"我的儿子"

因为这个世界上只有我一个人叫你

称呼你啊

直到我长成冻紫色的皮肤

直到我有一天突然陨命

直到我变成山鬼

重复唱一支悲伤的歌

"我的儿子"

1988 年 9 月 3 日

证 件

我与证件正式结为伴侣
去实现我的一个个目的
证件真实如我的口供
它所渔猎的其实都很扯淡
重要的东西它并不知道
我因此用它到处行骗
有一件东西它不能证明

我把它装进最安全的口袋
日夜守护
唯恐它像一条光滑的鱼
逃之夭夭

掏出证件
思想很芜杂
手续很简单
它皮肤鲜红

正当年轻

可是我的额头已经发灰

像抽过的香烟

它是我的面孔吗

可是，我有面孔

它是我的灵魂吗

可是，我有灵魂

它是我的身份吗

我不过是一个流浪汉

我真的如它所证实的吗

不，要证实我需要渊博的学问

甚至我的导师也不能证实我

甚至我的崇拜者

甚至我的情人

要证明我吗

我自己也难以胜任

我真的如它所证实的吗

我真的有所归属吗

去你的吧

哈，我是流浪汉

我是流浪汉

1988 年 9 月 3 日

对 话

我所占有的禁地彻底暴露
忍受你的冰蚀
无意中展露新貌

话一出口就被突然袭击
被无情地限定
画地为牢

我的狡猾四分五裂
面对你八方出击
你像罗网从天而降
我喷吐着愤怒束手就擒

而你的真理像破被套
千疮百孔
我一声咒语它便烧为灰烬

是腐朽就会倒塌

地下火啊

地下火啊

在根部残忍地燃烧

真想听到那惊天动地的一声

生命真的能够任意承受吗

互相破坏，互相瓦解

语言变成废墟

神奇的种子根深叶茂

而淡淡的情话像羽毛

一层一层把肌肉覆盖

在午夜时分

思想和嘴唇一起

温暖地睡着

1988 年 9 月 3 日

未名湖

七月，这个凄凉的少女
暗暗地，引我们到湖边去

未名湖，这就是你的名字了
未名的记忆，像飘零的纸
未名的依恋，像一只沉船

必然有一种意义我们永不知道
未名湖，你把那难以言诉的
掩埋了

必然有一句话我们永远找不到
为此而深深苦恼

有一个名称本是属于我们的
不知何时被劫持了
我想任凭自己唱一支未名的歌

你在听，湖在听
许多人在远处听到
而我的未名的恐惧
又来了

我们就是被未名的东西引导着压迫着
　的未名人啊

我带着你未名的自信去了
一个人骄傲一百年
从此我享尽未名者的幸福
永不命名

1988 年 9 月 3 日

情 人

云中的花朵
白天的月亮
地下的火焰
只有我时时和你遇见

把太阳掰碎了揣在怀里
不及你的手指温热
我知道你的灵魂在脚趾上
在你身体最隐秘的地方
你的肉体被我的手触及
无一不是灵魂的所在

你的名字像冰凉的蛇
从我的口中时时吐出红芯
在你坐过的椅子空闲了之后
我的目光时时在那里，吸烟

一万个秘密重重叠叠

像倾斜的大厦

从天空的漏洞里窥探

什么时候可能先后牺牲？

更不可能一荣俱荣

我们在恐怖的日子里危言危行

以此赢得非凡的名声

可以任意侮辱的就是你

可以任意指责的就是你

可以任意禁止的就是你

可以任意判断的就是你

任何罪名对你都正合时宜

任何惩罚对你都绝不过分

无妄之灾就这样到来吧

在这一刻或者别的时刻

我品尝了你的身体和鲜血

销魂而死

绝望而死

1988 年 9 月 9 日

圆明园

被肢解的圆明园
泡在蓝色的空气里
一百年没有腐烂

我坐在它的心脏上
看它胳膊上刺绣的壮丽花纹
它生前的辉煌面孔
突然显影出来
我瑟瑟发抖，疯疯癫癫
滚落到它的脚前

我的额头被它的红颜烫伤
在野草中发出嘶嘶的尖叫

它的鲜红的舌头轻轻一颤
四面大火又被点燃
我衰老的双腿逃也逃不掉
渐渐伤残

几条石头的巨蛇

张牙舞爪而来

我和男朋友被紧紧缠住

像拉奥孔，痛苦地扭动

绝无生还

1988 年 9 月 12 日

不安的日子

一天一天地算日子

算得日子都枯黄了

温存的记忆时隐时现

像一张魔鬼的脸

我蓬头垢面

害怕被美丽的神看见

我整日整日躲在窗户里

唯恐太阳把我的鲜血晒干

一天上十二次厕所

十二次垂头丧气

再去第十三次

天黑了很久了

我迟迟不肯换上睡衣

在黑暗中想一些恶心的事情

我害怕，害怕梦见那束神奇的兰花

1988 年 9 月 12 日

早 晨

野猫一样悄无声音地走
一直走到我的窗前
你目光蒙眬，嘴唇微红
像昨夜刚刚结婚的新娘

我醒来，面孔惨白
像绳子上那块崭新的毛巾
一夜安宁

太阳和鸟都是你的
我们面对面没有争议
只有自来水疯狂地流
我的写字台空空洞洞

这扇被照亮的玻璃
一举手便粉碎

1988 年 9 月 12 日

情 绪

四周空空荡荡
我吐出的丝不知挂在哪里
公鸡的叫声点燃三炷浓烟
这些灰色的物质都在上升

你看神圣的殿堂和墓地
长满了蛆虫
而温暖的太阳之所
盛开着玫瑰花丛

我魂飞梦绕

脱下鞋子，把五脏挖空
像气球冉冉升起
听那爆炸的一响
撒满天空的

是我腹中的石头
坚硬而永恒

1988 年 9 月 13 日

日　历

雪白的大嘴一张一合
吞吃着我的鲜血

你手拿一叠纸牌
算来算去不知我哪一天得救

像一头贪婪的豹子
身上长着黑色的斑点

蹲在昼夜交替的洞里
让我惊醒于梦魇

一个黑罩蒙紧的人体
张开双臂从半空中压来

这原因都是为了该死的诗
双腿冰凉时才入睡眠

我不是为了献媚明天
明天真讨厌，板着脸

我像白痴，毫无想象力
连搭积木的游戏也不能

白色的锁链一环扣一环
我被牵着鼻子走

到哪里去呀
我大吼一声

生命散成白色的碎片
我好坐下来，缝缝连连

1988 年 9 月 13 日

假 想

在一个猝不及防的时刻
你的阿芙罗蒂德①死了

她裸露的至高无上的美
成为云的晚餐

冰冷的手指向四面展开，它说
我曾经爱抚你，现在释放你

她的凝视像漫天罗网
常有新鲜的鱼肉可食

她那么深情地望着你
使你冬天化为水，夏天结为冰霜

渴望分享每一块面包
分食你的大腿和我的毛发

---

① 阿芙罗蒂德，一般译作阿弗洛狄忒，是古希腊神话中
爱与美的女神，奥林匹斯十二主神之一。——编者注

却有三十个夜晚
思念和思念互相残杀

只是为了那脆如干树叶的
——自由

我愿死一百次来换它
我愿你死一百次来换它

现在，我用鲜血为它铸了金身
它成了我的灵魂，你的肉体

1988 年 9 月 14 日

乞 丐

把溃烂的伤口摊开
像一幅油画
眼睛和眼睛穿梭而行
对于伤口已司空见惯

沉默的乞丐
像悲哀的钟在鸣响
而我心中的忧伤
早已熙熙攘攘

我是把伤口剖开
染成咸涩的诗篇
有人咒骂，有人想哭
有人扔几枚小钱

失 望

失望像小锤子
把我的心一下一下砸成铁饼
隐隐有一丝疼痛
赶紧关闭眼睛

把灰色的手臂洗干净
价值千金

1988 年 9 月 17 日

希 望

用希望把玻璃擦得雪亮
点起千支蜡烛把阴影烤焦
把希望拴在太阳的尾巴上
在任何角落吞食它的光芒
把希望涂满每一个硬币
日理万机，等待它的消息

可是
可是
希望是一朵红红的玫瑰
实现了是凋谢
落空了也是凋谢

1988 年 9 月 17 日

我于片刻中酿造毒酒

我于片刻中酿造毒酒
一饮而尽
生生死死
像玻璃鱼缸，空虚而简单

不归属我的东西
永远占有我的贪婪
而我的冻得发紫的灵魂
挂在一棵腐朽的树上
那些珊瑚一样生长的秘密
缠绕住灰色的心

你重重的一击我粉身碎骨
空中飘满干裂的嘴唇

用破梳子刮掉满面风尘
重新做人

1988 年 9 月 17 日

肉体的轻蔑者

肉体的轻蔑者
在精心炮制不朽的戒律
塑造金子一样辉煌的头像
这些都远不如他自身的价值啊
他们不可能创造出高于自己之物

你的肉体的暖熏熏的气味诱惑着
我
像一个饥饿的人看见食物
像大地对我的引力我不只用舌头
品尝它
我要用整个身体来品尝
我多么爱你，爱你啊
可以吃掉你

九 月

我坐在书信堆里漂流而去
黄叶如桨
等你，等你，等你
头发一根一根发出断裂的脆响

我不时地吃一个果子
暗暗地活着

有一个好消息断续而来
我把忧愁一寸一寸地涂炭
像拆一块旧棉纱
平凡而安详

1988 年 9 月 28 日

月圆时

犹如炸裂的头颅刚刚缝合
我静静地仰望着圆

我从死那边来
从圆开始
又到死那边去
中秋节，我从两个方向与你拥抱

幸福从乱枝条上垂下来
是圆的
我咬了一口即成为不幸

你
在所有的水中画满了圆
真美啊，这些诱惑
我的双臂是生锈的剪刀
把它戳穿

1988 年 9 月 29 日

黎明的城市

城市痴痴呆呆
在全身描着不规则的图形

门和窗户拼命张着眼
仿佛患了白内障

大街像捅漏的鸟巢
嘎嘎嘎落满一地叫声

太阳疯子一样地滚来
横过马路时，我把它撞得咚咚响

等 你

我铺开一张白纸等你
白纸变成黑色，又变白

我所做的一切都是为了等你
所有的意义围绕着一个意义

钟表很疲劳很疲劳了
我每天用鞭子驱使它

我精心安置的卧室
漂亮得像一头小猪

珍珠项链和套裙堆积
像野菊花丛

三十七岁
已经无路可走

被罩冰凉冰凉
像一个潮湿的躯壳

我禁止不住地想，想
心碎成石灰粉末，热气腾腾

等，是一种苦刑
它的光辉射穿了我的眼睛

每一分钟
价值连城

等，是一种哲学①

像鱼昼夜昼夜张大眼睛
看窗格子变成黑色，又变白

钟表很疲劳很疲劳了
我每天用鞭子驱使它

我精心安置的卧室
漂亮得像一头小猪

珍珠项链和套裙堆积生根
像野菊花丛

三十七年
等待着一个开始

被罩冰凉冰凉
像一个潮湿的躯壳

---

① 此首与上一首《等你》系同一首诗的两个版本，皆收录
进来，可呈现诗人修改此诗时的矛盾心理。——编者注

我禁止不住地想，想
心碎成石灰粉末，热气腾腾

等，是一种哲学
它的光辉射穿了我的眼睛

每一分钟
价值连城

1988 年 10 月 6 日

影 子

你的影子是黑黑的岩洞
把我吸干骨髓
白色的太阳撒下这些黑色的花瓣

你的如烟的手指
落在我的头发上和脸上
影子，吸着香烟
站在屋顶下
影子千姿百态
挤满四面的空间
影子贴在空气上
处处可见
我跌跌撞撞
小心你把我拌倒

瞬间生，瞬间死
眼花瞭乱

只一瞬间啊
我又孤零零独守荒冢

影子，影子
我触不到你，多么可怜
浑身因此而空空洞洞
像薄薄的纸片

虚无的偶像
支撑着四面墙壁
粉红色的欲望
像雾气柔声歌唱在黄昏里

母亲和婴儿

母亲左右轻轻晃动
手臂轻柔如云
载着婴儿缓缓飞行

生命一分为二后
立即又合二为一
留下了不为人知的裂缝

焦急的夏天

狭窄的路口面目可憎
我神情恍惚早早就睡着
破旧的马达整夜从我肚子上踏过
玻璃窗晒焦了，就要爆响

这个城市已被瓜分干净
我心慌意乱中喝下唯一的菜汤
想一想，头上立刻生出众多枝杈
五脏六腑被抛在四面八方

我等待的那些人像熟透的果实
被藏进地窖了
我对着自己的名字哭诉不幸

好主意像不安的鸽子
向我飞来又飞去了
我的心在焦急中也孵化出翅膀

在我四面胸壁上吼叫着碰撞

在那个装扮得很朴素的地方①
香味飘来荡去都要发臭了
我迟疑着，迟疑着
不肯轻易把我献上

1988 年 9 月 29 日

---

① 此处有删改。——编者注

不谢的花

你要踏着红红的火焰来看我
你要这样来看我

你要循着温柔的青丝来看我
你要含着那首民歌来看我

透过密密的蔷薇花你看我
撩起灰色的黄昏你看我

看过了所有的女人你再看我
看到了死亡你再看我

绝望的时候你一定要看我
漫不经心的时候请看看我

读着我的这篇诗歌你看我
看我，看我，看我

亲爱的，你的

不谢的花

1988 年 10 月 5 日

和惠特曼在一起

和你在一起
我自己就是自由！
穿过海洋，走过森林，跨过牧场
我会干各种粗活

看着你
像看我自己那样亲近而着迷
你的额头，你的健壮的脚趾
如同我的一样美丽

我和你，和陌生的男人女人们在一起
和不幸的、下贱的、羞耻的人们在一起
在一个被单下睡到天明

你捧来一把草叶
你说：这就是真理
我抱来一丛迎春

我说：这就是真理

从海上吹来的风是真理

一只小兔子的咀嚼是真理

一个健康人的欲望是真理

那些最隐秘的、最难堪的念头是真理

一个文盲所知道的一切常识是真理

我就是真理

惠特曼

你的草叶在哪里生长

哪里就不会有真理的荒凉

惠特曼

如果地球上所有的东西都会腐朽

你是最后腐朽的一个

1988 年 10 月 6 日

诱惑的笑容

你笑着
像我的手绢当众展开
温馨柔软，让我羞涩
我知道这是一个诱惑

最漂亮的谎言是笑容
你的笑，你的笑
是我的
你诱惑着我
成了我的猎物
你的笑容腿好长
一步就跨过了围墙
一个笑容
在我阴沉的心中栽种了阳光
你真敏捷
一个笑容完成了一个战争
一个危险的战俘
关进了你的心中

1988 年 10 月 7 日

像一扇玻璃窗

像一扇玻璃窗
一心等待着阳光
我等候着你的到来

像一池湖水
我屏息等了许久
等待着你的突然溅落
那一声巨响

我在空空荡荡中画你的踪迹

我在空空荡荡中画你的踪迹
你终于被画出来
为什么你这样东张西望
我的心举起鲜红的手臂
抢夺着你的目光

三 月

黄色的阳光从袖筒里伸出手
我坐卧不安了
欲望，躲在每一棵古树的背后
迟迟不肯露头

神奇的三月
我的头发篝火一样燃烧
火红的围巾蹦蹦跳跳
把你的目光涂得鲜红

皮肤像水，分外敏感
轻轻的一触也会使它动摇
我们飞快地旋转
光明被剪得纷乱
手指和毛外套都充满了引力
拼命地往一块挤呀挤

你的衬衫是破损的旗帜
我是唯命是从的士兵
我品尝了你献上的花①
从此四季充满了毒素

---

① 此处有删改。——编者注

秋

为什么我要期待鲜红的果实
为什么我期待秋天

有一双阴森的眼睛被逃避了
秋天载着鲜艳夺目的叶子
这些干瘪的果实，庆贺着胜利

我躲在茅草的小屋下
高傲的心沉重如铁，沾满锈迹
真渴啊，秋天没有雨也没有雪
有暖风香气来袭
所有的草叶都编成了桂冠
大地正进行着新的庆典
男人和女人披着幸福的画皮
暗中磨砺尖尖的牙齿

秋天把人一网打尽

我的头坠落下来

从内到外布满伤痕

1988 年 10 月

三月的永生

一

三月的永生是死
死在我轻松的绝望里吧
让我死在葡萄里
葡萄的死是永生

漂浮的大陆是永生
它沉在水底变成花纹
花纹的死是永生

你是火就狂风一样地烧吧
在残山剩水间，让我化为灰烬
我的灰烬是永生

二

你没有过过好日子

我把空气撕碎了给你看

看，看

你能嗅着能觉着的就是花瓣

风雨晦明之间

我心思恍惚如冬眠之虫

聆听你足音百变

我的脚趾一个一个都在活着

被你引诱

惶惶不可终日

三

……①

我从死那边来

带来了新鲜的毒素

在春天会有冰凉的蛇为香气陶醉

在夜晚会有人误入花丛

而我愿意死愿意死吗？

还有一时三刻，足够苟且偷生

---

① 此处有删节。——编者注

茂盛的荒草坡

仅仅是死人的清淡所

活人的殉葬地吗？

点一盘犀牛牌蚊香

……①

我喘息着，生生地看见

世界小得只有一捧

放开你手中腐朽的绳索吧

你不知道死一次多么好

我像女鬼日伏夜出

始终没有念那一声咒语

灵魂在大腿间越缠越紧

你粗暴的手指却没有血色

在柿子成熟之前我想到了生

在柿子成熟之后我想到了死

它们和柿子一起烂掉

在我的口袋中一片血红

你的叹息紧紧抓住我的叹息

---

① 此处有删节。——编者注

前门和后门都已锁紧
流浪者的危险是残酷的
保护一个女人更残酷
你太累了吧，手臂湿如水帘
却不肯歇肩

四

要永生就必须死在三月里
死在我的秀发里吧
让我死在山谷里
山谷的死是永生

我的永生在风暴里
鲜红的眼泪砸伤了我
我终于死、死、死、死了
我的死是永生

我吸干了你的液体
你吸干了我的灵魂
我是身体透明的魔鬼
我的死，我的死是永生

五

梳一梳头发倒退二十年
我看你的胡子很新鲜
为什么我要怕被雨打湿？
是什么在严寒里一派烂漫？
三月，我娇羞百态
像青青的草一样自然
要生的就在三月里生了
食果子的蝙蝠我们看不到
吸血的蝙蝠我们也看不到
这是坟墓开花的季节
当看到生时就看到了死

漫长的日子多么仓促
生命用不了一次回眸
短短的一瞬我怎么长大了
现在我单纯如一个卵子
时刻准备生或者死
现在我平平淡淡如一个月影
享受你微言软语

六

真真正正的死是这样艰难
风吹雨打中花儿凋残
走来，走去，遇见的都是你
占卜，解梦，结局总是你
一千年的种子就要开花
等待着一场经年的春雨

"垂死的高卢人"①很痛苦吗？
我的幸福与这痛苦极为相近
"被缚的奴隶"②在做最后的挣扎吗？
我的安详与这挣扎极为相近

美丽的蓝花花无边无际
任凭你轻轻唱着，我思维迟钝
一步一步走过十字街头
走过去，却不再流连

七

给我一口水吧

---

① "垂死的高卢人"：希腊化时期的青铜雕塑。
② "被缚的奴隶"：米开朗基罗的雕塑。

请给我永生之水

三十七年我以水为生

一百次想到要在水中死去

因此我才这样淡泊如水

因此我才这样柔韧如水

撕也难毁

烧也难毁

千回百转也会翻然醒悟

日常把我磨砺得体无完肤

以心印心，我就是你的经验

让我随风而扬

落草于万物之间

我再不会害怕灯的破灭

在黑夜我的肌体依然洁白

宇宙薄如蝉翼

亲近它，于一举手一投足之间

请分享我弥漫于天空的自由吧

在颠簸中，让我携带你
你知道什么叫守身如玉？
就是给了你便不再索取
你知道怎样来爱我吗？
该分离时就要分离
我是一颗神秘的果核
该收获的都不会失去

八

这旷代情歌是因为你
因为你我死而永生
你举起木斧，打碎的却是自己
我认为碎片是永生

我曾经为了情欲而流泪
今天的眼泪是因为永生
忠贞的你和放荡的你是无所谓的
无法改变你就像无法改变我
我在爱你中得到永生

厚重又混沌是你的身影
在可怕的禁地前消失了脚踪
光荣地死或者耻辱地死是无所谓的
只因为死并无异于永生

干干净净的手并不值得夸耀
你残酷地对待别人也对待自己
要怎样才能斟满你的酒杯
要怎样得到你才不会失去
费尽踌躇与不假思索是一样的
恐惧你就像恐惧我自己

九

三月里，生命追随着生命
在无尽的纠缠中从生到死
我咬断了最后一根锁链
女人的日子被鲜血涂抹①
人啊，因为自由而死
因为自由而永生

---

① 涂抹，原为"涂炭"，似不通，此为编者所改。——编者注

就这样点燃了蓬蓬勃勃的你
就这样欣赏着狰狞如山的你
看你风一样云一样飘散
又看你狼一样逃回故乡
你的好女人
一百年不变模样

你疯癫了我也就疯癫了
享尽风流又一如既往
必有一个智力的魔圈
必有一个天才的情网
相信自己，我们自由了
像吃一块蛋糕
嘻嘻哈哈，我们共同分享

要死就死在红色的烛光里吧
红盖头揭去又生长
我是你永远的新娘
夜夜有声来袭
时时天各一方
为彼此的陌生深深惊喜

我是你的家园
你是我的梦乡
我把你交给大自然
你把我驯成大自然的尤物
伊人呀，伊人呀
我征服你时你已占有我
你占有我时我已解脱

十

我的眼睛最妩媚最冷酷
在三月里泪流如注
我亲手捣毁了梦想的家园
我把这废弃的荒冢称为永生
枯萎的迎春花铺满了
铺满了这死而永生的土地

所有的陶罐都打碎了
我的世界再也无懈可击
我们相聚是一个圆
我们分离是两个圆

死或不死我们友谊长青

再做一次女儿多么好
青春不灭多么好
让我用成熟的乳汁喂养你
我的情人，我的父亲

两只负罪的羊
被圣者赶入旷野
而我们的私生女三月诞生了
她不只是布娃娃
她绿色的眼睛里留下我的面容
我不用操心她就自己长大
在永远的三月里获得永生

亨利·摩尔①的人体长着鸟头
咪咪②的人体失掉了乳房
思想的野藤疯狂地奔走
到处留下潮湿的果实
我们正是如此地完美
完美如生生灭灭的三月

---

① 亨利·摩尔：英国现代雕塑大师。
② 咪咪：我国青年女雕塑家李亚蓉。

十一

三月的永生是死
死在我天才的咒语里吧
生命将不虚此行
我说三月，是在说你和我
我说三月，是在说一生

你轻易地为我打开了生命的窗户
我看到生和死都如此神奇
两个生命在宇宙的同一瞬诞生
且又相遇，且又彼此相依
这是奇迹中的奇迹
我的智慧只能将其断章取义

莫名其妙地追随着
我们到死那边去
是我走向死亡
还是死亡走向我
两种可能都无法掌握
我想象在这一瞬我们享尽自由

又像风一样死，光一样死

死得那样安详

有谁能嘲笑我的梦想呢

现实比之漫长的死也是短梦一场

你能想象出宇宙的浩瀚吗？

而宇宙有限，又有超宇宙

生命多么短促啊

像一次闪光，看见时已经失掉

只有三月与我们共存共荣

死和永生都是骄傲的三月

十二

在这万物萌生的季节我已苍老

三月来得太迟迟得正好啊

现在我迎接你像迎接我自己

再不会有离愁别恨

不会见异思迁

你是我幻想之后的幻想

最后的晚餐

如果我不再爱你
就一同把自己抛弃

像一块石头
不管是否被祝愿你都将不朽
像一枝花蕾
只要地球上有生命我就永生

十三

从三月的峡谷走出来
这是海和陆地的尽头
有一个疯疯癫癫的星球来接我
……①
我穿上红皮鞋鲜血化作春雨
我启开的嘴唇再不能关闭
……②
小小的宇宙传来最后的回声
不如归去
不如归去

---

① 此处有删节。——编者注
② 此处有删节。——编者注

这是我对世界的预言

让我死在预言里

预言的死是永生

永生

永生

永生

永生

永生——在三月里

1989 年 3 月，天津

冬天的情歌

冬天是残忍的月份
我看褐色的巨手上有劫后余生
当我衣衫瑟瑟地看你
红红的火焰在你的眼睛里

有什么想望可化为灰烬吗？
你的疯狂的情书
在我的恐惧中消失
我的悔恨何止这些

只是
只是
爱人，没有你的照耀
窗台上多么寒冷

冬天是残忍的
我来不及梦想就已沉沦

把你语言的残骸给我
让我铸刀铸剑吧
难道你忍心看我
僵持一生

我的秀发如铁沉重
该怎样对你
而不负表情？
风，垄断了所有的呼叫
年轻的你寂然无语
轰轰烈烈的是我通向你的痴恋
你看，看啊
我的手指在天空中一颗一颗发白
在临行前她不只是为你祝愿
她是锚，为了能够站立
她只是一片小小的云
昂起头，为你哭泣

还要我等多久啊
你这样无声无息
忍看我的窗户在黑夜里发黄

我的梦一滴一滴凋残

心之茧正在抽丝

我的书桌，鲜血一片

大吼一声任四壁脱落

生命化作断壁残垣

爱人，为什么你还不能来？

任衰草洒着粉碎的眼泪

我已不习惯为干涸浇水

我曾经干渴了一万年

灵魂龟裂，长了一万只口

准备呐喊——

爱人，你在哪里？

为我孱弱的身躯

为你的誓言

我的极端的温柔预示着凶险

不要说生或者死

我对死的认识的深刻

到了一无所知的程度

你的爱刻在我的心上

锈迹斑斑

如果是这样

如果是这样

我将因惭愧而死

任你诅咒千遍

可是，爱人

我渴望生像渴望爱情

冬天，的确是太残忍了

你要带着无限生机来找我

为了千难万险之遥

备好行装

祈祷你健康如初

祈祷你隐现无常

冬天是这样残忍的

草木之灵在地下痛苦地拍打

而绿色的阴云打湿的我

又在冬天里冻僵

纵有千般激情又能怎样对你？

年轻的女人黯然神伤

爱人，我破损的旗帜在召唤你

归来兮，或幽秘，或癫狂

身已如羽，泪已如血

准备着，准备着

与你相撞时

爆成最后的火光

1989 年 12 月 6 日

辉煌的金鸟在叫

辉煌的金鸟在叫
在夜的白昼
在白昼的夜
在大火之上
在千里之遥

爱人，为什么我要诅咒你
我已不能忍受幸福
这不朽的金属之声敲击我
已灌满了空气
在我心的平台上疯狂地演唱

辉煌的金鸟在叫
在清晨梳理的长发里
在那座灰砖的小屋顶上
我检查身体时竟没有受到侮辱
是的，我很想结婚

教堂里牧师的声音也很温和

我说：不，不

如泣如诉

辉煌的金鸟在叫

在六角形的大雪里

六种金属和我血肉相连

和我一起倾听

我失去了爱情的折磨

为不朽的声音所陶醉

爱人，我已坠入这寂寥的世界

不能作任何献身

1990 年 2 月 20 日

夏

一

我在夏天死又回到夏天

天——籁——之——声

从四野落下

有无数鸟鸣嵌进坚硬的石头

羽毛零落为处女华裳

河流中藏满鱼的图腾

大水为瀑发出空洞的轰响

唯一的、唯一的歌手

隐蔽于不为人知的地方

我日夜等待的夏

占有了我

像网中的游鱼

无望中等待着刑罚锐减

在大雨的夜晚

我痛饮雷霆和落英

灵魂破碎而芳香

坦坦荡荡地走

灿烂的秀发疯长

夏

透明得千疮百孔

这时候我的话传得很远

岩石上充满了回声

渴望四面受敌

渴望献身

灼热的果核落地生根

心如大水彷徨

二

我远途跋涉回到夏天

树叶与树叶

生息在彼此的气味里

我生息在你的日子里

暴躁又安详

在无休无止的阴霾中

种植着尖锐的阳光

身体在阳光里变软、变软

一触即化

在没有墙的大地

看裙裾在空中飘过

我在空中飘过

我呼吸着狭窄的空气

丢掉幻想

准备无歌而眠

我坐在夏天，心安理得

你被雷雨声带来

我被香草籽带来

你的轻捷的叫声

让我微笑

我对你的想象

闭月羞花

当我想到安逸的晚年

手指就像弯弯的小船

我的恐惧是顽皮的夜莺

时隐时现捉不住

歌声冰凉

我是如此热烈的女人

无论你走多远

我的指纹足可把道路铺满

夏天，在我发鬓隆隆地走过

又返回

我对你的情爱席地而坐

朴素又漂亮

你是我的野果

我是你的野果

你我轻轻咬上一口

又在瞬间复原

我对于你是弱小的一物

你对于我是物中之物

三

而夏在漫长地延伸

生命的烛火低声合唱着

这时天上有日月星辰

我把阳光一把一把地捧下来
在辉煌的残骸中静静地喘息
花瓣一片一片落地或者远走
在有风的晚上
接天连地的绿色有多么孤独啊
它从死那边来
个个独立无援

惠特曼的草叶遍布山冈
诗人的翅膀
伸手可及
星星们举火为号
告诉我不为人知的秘密
我以蓑衣草为紧邻
守候着恶劣的消息

在这黑夜，我无端地坐着
像头发，承受沉重的抚摸
恋人的手指停在距我很近的地方
苹果还未成熟
它强迫我日夜分神
注视它慢慢变红的青色

四

夏啊夏，落下了红红的盖头
我哭泣或者笑都是新娘
暖风天真无邪地咬着窗户
你的贪婪让我哑然失笑
只是寻常的脚步就醉倒了我
素日的欲望是灿烂的珍宝

我在西番莲的光辉中站立
鲜艳，饱满，少女一样
你要品尝
你就品尝
当暗夜围困了我
黑黑的高高的鬼就俯身向我
我尖叫着，扑打着翅膀
黑夜好疼啊
窗户也脸色蜡黄

我的深愁落地生根
看欢乐游来游去，幽灵一样

思念葱葱茏茏，攀缘而来
恐惧在枯井里升升降降
有蝉声袭来
我的心潮被夷为平地
白云和皮肤一起飘出芳香

到我空空的手臂中来
到我呻吟的眼中来
当我恨你
云就变得潮湿无比
花已开，叶已盛
四面楚歌如墙
照耀我的一生一世
只需你把身体点亮

五

我在夏天死又回到夏天
北方传来红莓花的清香
金黄的钟声接连地响
轻易地推开门窗

让从古至今的音乐浅浅荡漾

日复一日
白色的火焰在天空流浪
当凉风吹来
黑色的牡丹投下阴影
我们守候着绿色的木栅
在大雨中看它变成柔软的水
　　流淌
远方来的河流就像天堂
你只进入一次
就领略了所有的河流
坚强的月光浸入水中
成为我身体的部分
肉体是如此清澈见底
是山泉，可分成点点滴滴
因为我一无所有
所以我包罗万象

我在荒凉的野外行走
在穿过落叶的时候

烧成四肢舞蹈的篝火

当我化成纯洁的灰烬

干燥的心闪闪发光

甚至在极目不到的远方

我听到冰消雪化

我在所有的水中照耀我

成为举世单纯的一物

六

夏天在日日销蚀

夏天就要死了么？

我坐在夏天里日日生根

我要随夏天去了么？

噢，你不朽的夏天

被蛇紧紧缠绕的夏天

鲜花遍体的夏天

耳朵、嘴唇、眼睛长成叶子的夏天

头发长成青草的夏天

人子热烈的祈祷夏天

如火如荼的灵魂夏天

永不安眠的夏天

生死相连的夏天

轻如鸿毛的夏天

重如泰山的夏天

赤裸如初、壮美如初的夏天

矢志不移、终生不渝的夏天

我永生的恋人夏天

我在夏天重生重死

让夏天一口一口把我吞食吧

让我残破的肢体

腐烂在夏天

1990 年 8 月

夜半云中的火焰

夜半云中的火焰
把光芒铺满我的睡床
远处开迎春花的坟
在我眼中散发奇香

如少女时看你
如无名的死魂
在暗淡的天空下
孤独地高举着头颅

我们习惯了这样死
现在我们要习惯这样生
这时，亲爱的
这时我是无欲的女人

枯萎的月光雪一样温柔
盖住夜的手脚

几个巨大而陌生的面孔

消失在四面门窗

1991 年 2 月 23 日

梦中的头颅

我在空旷的天空
俯视着地上的头颅
这颗头颅
大地的最后的晚餐

啊，这颗头颅
依然张开着嘴唇
嘴唇鲜艳如花
好像迎接着初吻

啊，这颗头颅
吐出蓝色的烟雾
没有身体的《思想者》
依然是如山的重负

啊，这颗头颅
开始飞快地旋转

像一颗崭新的星球
就要顽强地诞生

啊，这颗头颅
从地下复长出身体
他大步向前走去
像去赴神圣的使命

年轻的思想者啊
高举着复生的头颅
啊！多么的年轻
年轻
年轻
年轻

1991 年 2 月 26 日

想家的三毛

想家想家太想家
三毛想回家
挽断黑发当流云
焚稿万卷做白花
三毛悄悄回了家

变成慈父的手中卷
变成慈母的手指甲
变成青苔变成草
变成儿时的红发卡
变成荷西的大胡子
变成荷西的一句话

历尽苦难想回家
享尽自由想回家
流血亦是相思血
风中树叶雪中花

千回百转家何在
世上的人啊
只有三毛没有家
没有家，三毛永远长不大
永远的浪子
永远的少女
永远不谢的殉情花

永永远远
三毛是有家
日行千里走不到
花开花谢永远不到达
那里安放着她的魂
她的闺情和丽质
山洪一样的黑头发

因为三毛回了家
全世界的女人都想家
女人都是痴女子
痴女子都是自由魂
自由魂都是天涯人

天涯人都想有个家

是不是

是不是呀

三毛你回答……

1991 年 3 月 6 日

阴 影

手掌中厚重的阴影
把我的热气深埋
冰消雪不化
春暖花不开

怆然而去
脚，犁破了所有的眼睛
在彩霞里
品尝，品尝鲜红的早餐

抽刀断水
任颈上溅满耻辱
喝不尽的大江河
洗得头脑发白

人啊！
人啊！！
人啊……

人啊——

把温柔的五指拿去！拿去！
把肉味的舌拿去！拿去！
在生的边缘，死的边缘
燃最后一蓬干柴

1991 年 4 月 19 日

远 方

远在天涯
用锋利的雾
切断柔肠

天涯，芳草
花谢，花发
该怎样忘却雕刻的容颜啊
热爱大雨的女人
日日，夜夜
雨水洗面

天，这样远
地，这样远
心啊，这样远

远在天涯
未曾秽，未曾净

夜夜是佳期

有一个大智大愚的你

十全十美的你

陪伴你

1992 年 4 月 28 日

自 语

最炽烈最痛心的是
静静的火焰

静静的火焰从四肢升起
静如处女
静如霜后的北方
红叶满山
静如我初对你
静如我当年难以启齿说爱
静如我死后一百年

折箭为誓
指天为誓
或者以死为誓
何如默默无言

我真的以为

最完美、最高尚的是

静静的火焰么？

1992 年 5 月 17 日

英雄花

沛然落地

砸碎了一个平凡的日子

在这个平凡的季节

这个平凡的年头

你显得多么平凡

只有鲜红的颜色

天真得令人心寒

鲜红的额头下，是

鲜红的眼

鲜红的手指在风中抖

像进行着一次小小的发言

英雄花，在没有英雄的时代诞生

在人的缝隙中秘密地生长

当你长大，当你光华四射

你亦耗尽鲜血

哦，我厌倦了平凡的我

英雄花，让我与你一起破灭

染一染鲜红的唇

让我永远二十岁

1991 年 6 月 13 日

倦 游

终于倒在花前月下
我反复默诵着一句脏话
两只靴子像石头打着石头
我的手指像鲜花的伤口

在任何一处海面落下风帆
到处是暗礁险滩
灿烂褴褛的倦游人
睡亦难，醒亦难

我坐在天地的巨大的合十中
我坐在一颗火种之中
这就是为什么
我遍体鳞伤
仍然默默无声

1991 年 12 月 19 日

眷 恋

同窗云散的日子

马车

永远停靠在窗前

而鲜红的脚印留在空中

照耀我年轻的病容

你好！小关绿化队①的玫瑰

……②

你好！十里堡文学院③的舞会

你好！自由民主的北大校园

你好！所有爱我的男生

你好！所有我爱的女生

下课的掌声悲壮又亲昵

血肉相连

美丽的剪秋萝

不灭的剪秋萝

---

① 中国作协文学讲习所旧址。
② 此处有删节。——编者注
③ 鲁迅文学院校址。

五黄六月我赤手空拳

又见四起狼烟

初为女人的女人

被你们握住不久

又在一个雨夜里

变成了坚硬的石头

悖逆者的葬礼就要进行么？

牺牲节的献礼已经备齐么？

我就要抛弃这肉身么？

流浪者就要客死他乡么？

寒门之女

浪漫情怀

寻找福地的徒子

叫着你们的名字

五里一徘徊

……

1991 年 12 月 20 日

大自然咏叹调

秋风四起
雍容华贵的落叶就像
我纯洁的身体

大自然
把你广阔的森林种在我的血上
草地种在我的天堂
在我的前额种植你的阳光
给我长久幸福的只有你——
夜半歌声
绿色的葡萄酒
日夜携手的情人
把我含在口里

大自然，穿上你的水晶鞋
我日夜舞蹈
我是大自然有灵的人

谁能破译

谁能洞烛其奸

谁就能东山再起

蓝色多瑙河正是花开时节

月上中天

照耀着坚强的男子汉

有谁比失魂落魄的狼

更加忧伤

没有国界的风

没有国籍的鸟

是上帝的千里鹅毛

淫雨霏霏

心中布满泥泞

何时焚风四起

凤凰火起

我是穿裤子的云，大笑着

葬身自然

1991 年 12 月 20 日

写作生涯

面对诗歌写作
让我再一次裁决——
生，还是死
这是一个问题

让我一千次卜居
仍然生活在诗歌里
捐弃前嫌
生死与共

一望无际的草荒
是我冬天的粮食
披沥陈辞后
又哑口无言

衔着墨色的手指
我就是黑麦
坚强又忍耐

翻云覆雨
把惨白的嘴唇覆盖

爱情哟，歌唱着，嚎叫着，生殖着
吃完了我的笔
战斗的激情又来到心上
我要写作
我要写作
聂鲁达，请让一让

日用的血就要用光了
藏匿的手必须暴露
铁的光芒啊
照亮一个女人的战场

我要决战于弥天大谎
高高的祭坛口念杀机
说出最后的榜样
我抓紧这个正午
写作诗歌
瞬间中
海枯石烂

1991 年 12 月 21 日

大　雨

雨中沐浴的女人
洪荒中的女人
肋骨冒着新鲜的热气

她想，是的
野兽们正安居乐业
每棵树都很温柔，不分性别
像大雨中站在情人的窗口
不，她们是绝望的伟人
结束了世代无休的争论

让那个深色的男人走开
让女王乘雨车独自徘徊
不朽的痕迹
在雨中显现出来
显现出来

1991 年 12 月 23 日

时间怎能切断流水

时间怎能切断流水
无语的我
无羽的我
一江春水也似的流

时间
我的幸福之源
带寂寥的我到风雷滚滚的夏天
又把我带到荒原
把我粉碎把我涂炭把我轻视吧
时间，你又怎能
切断流水

清澈如圣母的身体
照耀众生的水
世间最柔的一物
被一切压迫又超越一切的水

时间啊，你怎么能
怎么能将它
任意地包容

永远向前的流水
不曾生不曾灭的水
飞蛾扑火一样的水
覆水难收之水——

1992 年 4 月 29 日

1992年5月16日的梦

粉红色的珊瑚

从我的手掌上生出

死，就从温热的身体长出

死，从我爱的身体长出

珊瑚是沦落的妓女

是我的身体

有多么久了，这秘密的死期

我一直拒绝的死期

为之插满鲜花的活一样的死期

你这活一样的化石

我的面容一样美丽的化石

新婚一样的化石

我如水的温柔中的化石

如我渐渐冷却的手指

呀！在我的大腿和腰间
已有无数如深渊的穿孔
我竟是早已腐烂
我该是无所留恋
（我的亲爱的女友
这是你离去的第一个夜晚）

陌生的老者低下头说：
你的死期到了

1992 年 5 月 17 日

葡萄园

你这血一样鲜的蜂群
来呀，来呀
用你甜蜜的齿唇
用你尖锐的蜂针

在你赫然成长的夜里
我是天上地下之水
灌溉着龟裂的前沿
又在雷雨交加的夜晚
思想全年

我最后的葡萄园
煽动着疯了的翅膀
刺穿了我
而世界又被我刺穿

滴血的葡萄园
滴血的葡萄园
鲜血就要流干

1992 年 5 月 17 日

复活的日子

复活的日子
是在冰天雪地的时候
当我燃尽了心脏
当我用锋利的语言自戕
复活的日子是在第三个晚上

以冰凉的手指触及大地
我看到地下的火焰
我看见一百年前的我
纯洁、热烈，就像今天
噢，我一生都要这样过
相信一个人
相信命运伸手可及
复活的日子是在灿烂的秋天

曾经有过多少苦难
在坚持不懈的生活中消逝

有一个家在远方期待！

有至爱者还汝以爱！

得到的，还会失去！

找到的，永生难再！

我有生第一次轻信

是因为我遇到了根

一个不朽的声音

　　　　涉

　　　　　　海

　　　　　　　　而

　　　　　　　　　　来

复活的日子是在永生的岸边——

　　　　　　　1992 年 12 月 14 日，莫斯科

无　题

莫斯科河日日夜夜静静地流，
白云日日夜夜飘在上头，
我的思念重于泰山，
如此而已，更有何求？

虽然我还未看清因缘，
虽然日子还这样年轻，
虽然会有地狱般的人，
虽然哲学上有无数陷阱，
绝望的人啊，你最终得救——

如果诗歌不朽！
如果语言不朽！
如果友人不朽！

1992 年 12 月 14 日，莫斯科

3月16日的白日梦

一

有成群的仙鹤衔着你的声音
　　　飞来——
从森林深处，从东方。

你的姿势携着云层下降，
莫斯科的铺满玫瑰的云啊，
请做我的含泪的睡衣，
做我最后的婚床——

谁愿意让花死去？
谁愿意让火无光？
谁愿意阳光做坟墓？
　　　秋风为食？
　　　青苔为裳？

一百次寻寻觅觅，

一百次历尽沦丧，
这是第一百零一次，
爱人啊，这是我命定的
——劫数！

赤身裸体的受难者啊，
已骑在圣者的马上，
穿过人群，走过四季，
再也不会受伤。

我的圣者！我的智者！
今夜即是你的吉日，
我带回了你遗失的……禁……果，
我的美丽，家喻户晓，
纯洁的隐私，艳如秋霜。

二

爱人！在已经锈蚀的烛火中，
你是否能看清这个滴血的名字？
累累落花覆盖的头颅，
祭品一样。

我一出生就长大成人，

无性的小女性，黯然神伤。

荒原的孤独之魂，缪斯之魂，

食了美洲自由的草叶，

食了东方智慧的坚果，

食了欧洲玫瑰的芳香，

信仰爱！信仰不朽！

在十字架下，

在炼火之上。

曾被沼泽收留……

被山冈庇护……

被荒野珍藏……

也曾被救助的手抚摸，

充满热血的气息，

又在一个早晨灰飞烟灭，

独走他乡。

秋去秋来，灿烂辉煌，

记忆的野兽吞食着我的血液，

而思念的翅膀痛失方向。

每天，餐刀冒着迷人的热气，
我的唇，我的心，在刀锋之上。
金属的世界磨灭了我的呻吟，
时针刺穿我的头，百孔千疮。

在大风雨的夜晚，
我固执地点燃遍地烽火，
生而复灭，灭而复生。

在失魂的水边伫立，
健美的臀生长了鱼尾——
在长歌当哭的日子，
被尖锐的弦钉在琴上——
秀发委地，凝成了透风的铠甲，
张开的手指，结了起伏的冰霜……

生活终于撕碎了我，
噩耗终于碾碎了我，
四野无声，冰封雪埋，
我让灵魂和肉体，肉体和灵魂，
互相缝合……

山洪一样倒流的眼泪，

灌溉着心中的大草地，

成群的鸽子从喉咙里飞出，

带来满天火光。

第一百次，

我默默地主宰了

我自己的涅槃——

今生为冰，

何年为水？

今生为阴，

何年为阳？

在河对岸，

是谁在为我千年等待？

是谁有福，

倾听我终生为他歌唱？

三

这一天，鲜红的叶子爬满了天空，

一只大鸟站在云上，
啊，啊，我得到了神的启示，
我坐在大树下，轻着盛装。

洁净的雪敲击着地面，
红色的窗棂在暗夜里歌唱，
是神的旨意，让你
等候在这一天的台阶上。

一相遇我就设了盛宴，
朦胧地坐在你的心上，
桃红的葡萄酒发出咒语，
你一口就吞噬了我一生的悲伤。
我爱你的每一个姿势，
你的罗曼司的表达，毋庸置疑，
果实一样。

我的圣徒！我的圣父！
你的声音像在宣读教规，
而我只有服从的愿望。
——是我枯萎等候的命中水，

死亡线上的粮食，

古老的，属于我的，

千古绝唱！

四

爱人！你并不知道，

神，在一本有韵的相书上，

早已昭示了我的命运，

似水柔情注定要被大海颠覆！

美人鱼，注定要成为尘世的新娘！

天涯边，屋檐下，我早已在等你，

一条经年的细线，

早已织成锦绣罗网。

我永恒的家园啊！

我永恒的爱人！

从此夜夜是归期，

千里万里，直入天堂。

五

时光披着盛装就在前面等我，

正是午时，异国他乡，

窗前的莫斯科河正在解冻，

白桦树林散发着浓香。

今生为土，

何年为林？

今日为土，

何日为林？

鲜花为食——

日月为裳——

人心不老——

地久天长……

1996年3月17日，莫斯科

小夜曲

一

在一个女人的心弦之上，
你是异乡流浪的孩子，
重返故里。

二

我的多情的小妖，
甜蜜的馅儿饼，
你累累的果实是瞬间的红色，
被神分给众人，
只食其味，
厄运难逃，
尽食其味，
难逃厄运。

三

我是知你解你的人，
十指连心
不堪重负是你的核，
千愁百结，
万里迷途，
独坐暗夜，
直化星辰。

我是爱你至深的人，
千里共婵娟，
万里不彷徨，
点点滴滴水晶泪，
为你织羽衣霓裳。

四

相遇之路要走多少年？
宿命难圆，难于上青天！
花开千年变成石——
轻轻羽毛也成金——

小夜曲是不死的鸟，

小夜曲是未亡人……

五

全世界的，全世界的玫瑰

都给你——

星夜的荒冢！

美丽的幽灵！

抱柱而死的圣子！

火中的凤凰！

银河的桥！

大地的琴！

施千年魔法的使者！

会飞的爱——

在这东方的森林之夜，

使幸福的金苹果落地，

使我寻找的命中人，

接触你玫瑰的嘴唇……

1996 年 3 月，莫斯科

最后的乐章

一

你是荒凉之地的一棵圣树，
使我备感孤独。
你的无限含笑的目光，
是我寂寥的天堂。
在你的温柔的云裳之后，
竟有怎样的深渊？
弱水三千围绕，
你是我不可企及的故乡！

二

你是凄艳的烛火，
日日的晚钟，
唤我每天从炼狱里来，
沐浴你的歌声。
（神的眼泪是看不见的）

三

一生会有多少天?

一天等于多少年?

天天相见，分离已经年!

（唯有你每分别时的一吻，留下切肤之痛。）

四

你若漫不经心的山洪，

精心地收拾了落花，

这了无痕迹的结，

是我一生一世的弥撒!

五

我已是天空中散漫的鸟

与你飞翔的灵魂缠绕，

双宿双栖的精灵，

就是三个安琪儿最后的一梦……

1996 年夏，莫斯科

打电话

我把头搂住一只耳朵，
用舌头卷起嘟嘟的声音

而我的耳朵在这回道上
要穿过两只狗洞再穿过了大于

不记得我约向和情我去公事
有一n双鼻孔先在来嚷
用火玻眼睛象着空穴（塌陷
要把我的头埋葬

你好吗？
这句发话曾经未象结实
突破一圈我们裹心的肚皮
被脱水把头淹没

而是触用手指夹住电线的缝
竟急经地变成手淫
远后裹写我的梦会逃开
象一个难又接受的别人

很多时为
所有的电话都象陌生的
我把电跑物这个地点
抓过郁投一段的时间
等那个谁来认受话，快，快

P.13

《打电话》 手稿

河

河，弯弯的

所有的街道因此而弯弯的

我因此而弯弯地走过许多道路

有一次我去找一个门口

我弯弯地询问 弯弯地伫足

弯弯地穿行一个个院子

然而终于没有

我于是弯弯地回忆

弯弯地走进那个熟悉的面孔

原来他一直弯弯地躲藏着

我想这个教唆的魔鬼

是这条弯弯的河

1987 年 7 月 16 日

我的墓志铭

也许你会说："哎！这个女人。"
也许你会说："哼！这个女人。"
也许你会说："啊！这个女人。"
而我祝福你们——人啊！

1987 年 10 月 12 日

天 津

陌生人

进也进不去

走也走不出来

需要三毛五买一张最新地图

嘈杂的声音从地上升起

把斜斜的云覆盖

黑牡丹一朵一朵凋谢了

有一种气体的芳香从一千条小巷飘出

自由穿着新潮服装

散步在每一个市场

彩色楼群像转动的魔方

要进迷宫得打开三道门

每一道门有着金子的花墙

我想钻进去

疯狂地走啊走

然后蹲在冒着热气的包子铺里

把斜斜的天津痴痴地品尝

1987 年 10 月 17 日

傍晚的男人和女人

傍晚，有些男人和女人是快乐的
像熟透的果实发出诱人的芳香
他们将投入馨香的小巢
投向火热的恋人

傍晚，有些男人和女人是忧愁的
像青色的叶子突然结了冰霜
他们必须走进那个黑洞洞的门口
迎接布满荆棘的目光

即使他们的金钱和名声相抵
也难换得快乐
还得交出对于每个人都极其有限的
生命和时间

上帝啊，
这是谁的罪恶

1987 年 11 月 3 日

金色乳房

踏着音乐，旋着舞裙来
金色的乳房
像风中的椰子飘着幽香
每一个东方人感到口渴

沾着露水吗，沾着草叶吗
浑圆的小野兽
多可爱呀，它们这样疯疯癫癫

我跑到草深林密处
疯狂地跳呀跳呀
我以眼中宝贵的墨水把乳房涂炭
多么糟糕
当我站在一望无际的平原
两只金色的乳房像长毛兔
在瞬间跑散

1988 年 4 月 7 日

旅 店

所有的格子都在阴隐地说
身份不明，身份不明
这个名字是罪犯的名字
披上锦衣如披上薄纱

选择，选择，选择
只能自投罗网
潮湿的砖缝里
一小时就生长出无数眼睛

松懈地
门，关闭着
向黑的夜敞开
我情愿，情愿
像痴痴呆呆的羔羊
放弃自卫的权利

这个时候

就有双重的颤抖互相抵抗

呼唤扼死在喉咙

梧桐叶落地有声

轻轻的车笛像爆发的海啸

把我冲垮，在你的肉体上冻僵

睡眼被绞成破碎的雪

一生中从没有这样困倦

1988 年 7 月 8 日

兔羊毛衫

世界上的兔和羊都被拔了毛吗
这些兔羊毛衫
我腿上的黑色的汗毛
也被他一根一根拔得精光
我像一只兔子
还是像一只羊呢

那个女人选了一件红的
上面镶满叮叮咚咚的光片
还有二十二个大褶
三十六个小褶
一条彩绸
一个蝴蝶结
女人哟，我同情你
你一定不知道死是怎么回事

我买什么颜色的

不是红，不是绿，不是灰，也不是蓝
白色和黑色对我也不合适
不是高领，不是圆领，也不是尖领
所有这些都不行

我绞尽脑汁地想
这些兔羊毛衫是愿意挂在这儿呢
还是愿意被人买走呢

1988 年 9 月 12 日

打电话

我拼命揪住一只耳朵
用舌头卷起嘈杂的声音
而我的耳朵在建国道上
要穿过六尺胡同再穿过于厂大街

很多很多电话都患了急性病
我必须跑够五个地点
抓住那一小段有效时间
等那个该死的符号传，传，传

不论我询问私情或者公事
有十几双鼻孔先后来嗅
那些眼睛像塌陷的墓穴
要把我的头埋葬

你好吗？
这句废话像烙铁

烫破一圈鼓鼓囊囊的肚皮

脏水把我淹没

而只能用手指缠呀缠

……①

然后裹紧我的裙子逃开

像一个招了供的罪人

1988 年 9 月 13 日

---

① 此处有删节。——编者注

想 念

大批的野兽从空中走过

面目狰狞

四肢强健

脸色惨白

言语滞塞

神情变幻

脚步蹒跚

左右盘旋

昏昏沉沉

松松垮垮

失魂落魄

无所顾及

无可奈何

欲哭无泪

欲诉无言

缠缠绵绵

一步三回首

——都像你呵

1988 年 9 月 28 日

西北风

西北风卷着漫天黄沙
淹没了纤纤脚趾和妩媚眼波
撕裂了完美的空气

熟透的庄稼在我的胸前
溅起一片血红
大风扬起粗糙的镰刀
把我的额头刻成青铜

那些庄严的白纸开始泛黄
像尿布飞得到处都是

西北风伸出许多粗粝的手指
在萎靡的土地上挖掘生命

把我拖得好远好远啊
衰弱的精神经历荒凉
野蛮地生长

无数次的风暴中
我痴痴呆呆，轻松地忍受
在西北风肢解我的时候
我尖声地号叫
回忆起一生创痛

真正的悲哀是没有眼泪的
大悲哀是一首声嘶力竭的歌

红棉裤红棉袄的西北新娘啊
你是生前的我
死后的我

1988 年 9 月 28 日

蔷 薇

在你的窗下栽一丛蔷薇，
偷看你的兴奋与痴恋。

蔷薇是我在太阳下悄悄装扮，
你认得出么？
蔷薇是我漂亮的小草帽，
你可看得见下面有一双媚眼？

你在童年忽略了我，
现在加倍地爱我吧，
在你的黄金季节！

蔷薇，蔷薇，
在深秋里叶落花残，
不要悲伤啊，我爱的人，
完好的是我的心，
就埋在落英下面！

1988 年 10 月 7 日

菊 颂

所有的禁忌野蛮地

贴在脸上

芳菲缭绕时

手臂空空无寸铁

任怒发如云飘散

这里是五色的故土

千般凄情

唯有金色的梦富丽堂皇

命中该有一个柔

柔肠寸断不改色

命中该有一个福

总是更甚爱自由

福来时，祸来挡

这个季节风雨如磐

伙伴们无法挽留

独自一人

轻理乱发

看那个教徒无形的手指

最后

怎样一缕一缕

把我的身体撕碎

1991 年 2 月 28 日

流浪者

我的长发叮当作响
放射出菊花的光芒
穿上残秋妩媚的鞋子
我流浪东方

芳草萋萋
像神祇天天诞生
我所求的一物难以描写
我想，它早已在一个凌晨
在一段沉重的铁轨上
落空

温柔有加的佛陀
浪漫的布尔乔亚
四邻为舍的浪子
亲爱的国殇
让我怎样分辨你们呢

从关里，到关外
眼中落满古老的尘埃

我沿着纷华的世界走
哪里有我安居的法门
山崔巍
树也崔巍
穿过山洞
总结一生
我的手稿四处飞散

在来世的风中
碎成断简残篇

谁能跟随流浪的人
谁能看见她神奇的齿唇
谁能猜出那歌中的一句
谁就会无憾地放手
独自走完一生

1991 年 12 月 20 日

秋，我的生日

我坐在秋的产床上
赤身裸体
我尝到了新娘的味道

一颗星辰，经验丰富
一座山，财富无边
不如一个无知的小女人

透过惨淡的糖纸
泪水涟涟
黑色的皮鞋勾起茫然忧愤
一天就走完了女人的命运

秋天，你的天生逆种
泪水中漂起母亲的乳房
情义深重的小女人
将以一生偿还

饥饿的人啊

请到我的身体里来

可是世界手握大锯

把汝截为三截

1991 年 12 月 23 日

致青年评论家C

你站在我的反面
一指头戳穿我
好亮的灵魂啊
我可以变得很轻很轻
飞来飞去

你说：开门吧
我语言的衣衫就缓缓剥落
我转过身，照见我
天空一样美丽

我在忧愤中长叹一声
反弹回来的是不屈的真理
当我沉默，在身后
有红色战车隆隆地走过

像渴望生或者渴望死

我渴望每一次回眸
要窥见不朽的我

这时候我看见　你在我的反面
眼睫垂下，和衣而卧

1990 年 10 月 16 日

等待家园

早上用金色的刀拨醒我
太阳又准时地在我心上
烧火煮饭
在燃烧的水中
在冈底斯山
我渴望家园

时间是这样情深意长
分给我忍耐的时光
我相依为命的千年大树
鲜红的果实落地生根
又在我的四肢上慢慢生长

我在漫天的花絮中回眸
在大雪中回眸

亲爱的家人，像一只小船

我触着父亲的手
像扶着幸福的门框
平凡的心愿刚刚落地
像鱼，新鲜又漂亮

噢，我惭愧于任何秽行
一无所有
怀抱明年神秘的果实
忧伤地歌唱

我在草昧之地，我醒来
用心脏的落叶果腹
沧海桑田
等待那一天

1991 年 12 月 18 日

女儿心

我的柔情在风车上舞蹈
步履维艰
世纪的火哟
来吧，来吧
我多么想无畏地牺牲在
这个狭窄的星球上

我铿锵坐下
只有片刻就化成水
有谁需要我的抚慰
我的西南风一样的
辽阔的忧伤

穿针引线
你就看见了这颗女儿心
我编结的草绳是一片祥云
温柔体贴，不怕受伤

穿针引线，缝好时辰

又默默地咬断柔肠

女儿心，女儿心

草原上的惊马

在自织的罗网中冲锋

中了魔法

再也不会停下

1991 年 12 月 18 日

恋爱的人子

苹果熟了
身体痛苦地膨胀
我的爱人，胡子宽宽的爱人
我一边喂马，一边望着你
把她咬伤

爱人，现在我洗净双手
坐在地狱的台阶上
失去了家园的人子啊
女人中的女人
对爱情孤注一掷

我的会唱情歌的小爱人啊
渊博的小爱人
在四季里鲜红的是什么
在绝望中美丽的是什么
比太阳的翅膀更宽的是什么

比鱼更热爱自由的是什么

爱人，在艰苦卓绝的斗争中
当我怆然回头
我会看见你秋风中的帽沿
和你足以捏碎我的双手
赤裸着，给我温暖

1991 年 12 月 18 日

致《莫斯科女郎》①

女郎，莫斯科女郎
像天堂里的倦鸟落地
高贵又凄凉

女郎，俄罗斯的玛丽亚
遍地幽灵的哀歌
冻结了你黑色的翅膀

女郎，世上最美丽的石头
你永远不会说出的话
成为孤独者内心的光芒

女郎，钢铁的玫瑰
使我悲恸时心平气和的
是你的看不见的目光

1999 年 1 月 8 日

---

① 特卡乔夫兄弟的早期名作。

赠李亚蓉

曾经有两个单独的灵魂
在这"卧室"里相依为命。
在那个丘陵地带的暗夜，
只有迎春花闪着生命的黄色。

我是你各种材料的唯一的模特，
你是我不断涉过的唯一的河。
我们彼此赠送的桂冠，
唯有迎春花金色的尸体……

为了找到那个神奇的预言，
我们彼此点燃手臂。
而你终是蜇入了陌生的荒原，
而我踏上了亡命的列车——

今天我手中耀眼的迎春花，
是圣母东方的眼泪。

她怜悯我们花一样的无助，
她赠予我们花的智慧！

佛光普照，
你正为自己装卸不朽的翅膀，
而我的灵魂已从天国归来①，
正为你准备一顿俄式晚餐……

2002 年 2 月 15 日

① 从"佛光普照""天国归来"等用语可见诗人并无固定宗教信仰。——编者注

当生活流逝

当生活流逝，
只有记忆永恒，
当记忆流逝，
有一些物质
为精神作证！

2002 年 2 月 17 日

1997 年伊蕾在俄罗斯人民艺术家特卡乔夫兄弟画室

献给特卡乔夫兄弟①

一

这是一个关于创造的秘密，
这是一个人性的奇迹，
上帝说：应该有特卡乔夫兄弟，
于是就有了特卡乔夫兄弟。

一个画家有两个身体，
两个身体长着一颗心，
它在歌唱一个伟大的民族，
它在歌唱人的慈善本性。

二

我的骄傲孤独的灵魂，
日日夜夜寻找着天才，
万里迷途之中，我看见
在这木屋中有上帝的尘埃。

---

① 特卡乔夫兄弟：俄罗斯人民美术家。

我选中了你最爱的"孩子"，

我视他们如同亲生，

我因此与你血脉相连，

成为你异族的亲人。

当我望着《莫斯科女郎》①高贵的目光，

再也找不出有谁比她更美丽，

当我站在《打草时节》②的风里，

再也没有比这更幸福的时刻，

当我坐上院子里游荡的《秋千》③，

心中充满了爱意，

当我走过百年陈旧的木桥，

仿佛身边就是《晚会归来》④的你。

每一次我站在兄弟之间，

我的心被分成两半，

两个天才从两边把我剖开，

我深深享受这有福的伤痛。

又仿佛安琪儿双手合十，

我被喁喁地祝福，

---

①②③④ 皆为特卡乔夫兄弟名作。

仿佛两片云彩把我包裹，
孤独的心已不识归途。

三

特卡乔夫兄弟，
你可看见一个东方女人的幽灵，
在你灰蓝的调色板上舞蹈，
她用柔媚的姿势不绝地诉说，
她在冥想和幻觉中为你祈祷——

谢尔盖和阿列克谢，
一只翅膀加上另一只翅膀，
飞越没有边界的天空，
所有俄罗斯人，中国人，五大洲的人
都能说出你的名字
歌颂你献给地球和母亲的爱情……

2002 年 5 月 10 日

妈 妈——

妈妈——
你安然坐在远方的云中
你的身边似有上帝的空位

妈妈——
我做了一个梦
你在梦中不断地复生
于是我夜夜等待着你
变成美丽的鬼归来

妈妈——
在清晨好像有你起床的味道
在深夜又传来你洗涤毛巾的声音
这个世界，处处有你的温热
这个大地，铺满了你织绣的花纹
你为我的命运而忧愁，直到白发
你哭泣，像十七岁的少女

妈妈——

失去了你，生活变得如此坚硬

空气失去了弹性

生命啊，是如此的空洞

我的手从没有如此贪婪

只想抚摸你温暖的身体

我的眼睛从没有如此疯狂

要在茫茫人海中找到一个你

我相信上天有灵，大地有知

我相信灵魂不散，死而复生

妈妈——

你丰满柔润，像圆满的果实

你已随风而去，像星球游走太空

我祈祷每年有一天我们能相见

我能在水中找到你纯洁的眼睛

妈妈——

你为什么曾经存在而不永远存在

我此生唯一的悲剧

就是不能终生与你同行

妈妈——

我看见你坐在云中

望着这个再也不能落脚的城市

从此，我只能对着天空喊——妈妈！

从此，你是我举头可见的神灵——

2002 年 5 月

天地人歌
——题一莲绘画《仙乐飘飘》

草叶为美目

百果为香唇

天使伸千手

雨露自生根

万物常相思

水火亦相容

天地有相合

人子且长歌

千花迭次开

沧海又桑田

人为神，魂为仙

清静起舞的云中莲

2008 年 5 月 16 日（5.12 大地震后第 4 天）

我的生日，在莱茵河

这个世纪，这一日
我的生日，被莱茵河欢唱
被矢车菊①覆盖
被百鸟百兽无意间品尝

妹妹，今天我在莱茵河
思念我们热爱鱼的母亲
河流是母亲的天生爱意
可以无限分解，去南北东西

莱茵河，我生而智慧，充满善意
如你木窗上飘挂的葡萄
如我们头上的共同的星辰
我知道山脉和云的秘密

人啊，轻视了多少生的危机
雄性和雌性的鱼的伤感

---

① 德国国花。

物种灭绝前的悲鸣
山脉与平原虚弱的呼吸

莱茵河，通灵宇宙的莱茵河
神秘的旋涡清澈无语
天主教堂的钟声回响在圣高镇①
冰葡萄酒散发出最后的芳香

今天我要从这里漂流天下
与众生万物结缘
相约每一个与水有关的生命
生死与共，血脉相连

这个生日，在莱茵河
我要作为另一个物种重生
快乐就隐藏于众生万物
我由生命深入生命——

2010 年 9 月

---

① 莱茵河畔美丽的小镇。

1998 年伊蕾在俄罗斯油画收藏室

我与鸽子的飞翔

天空是你的大地
大地是你的天空
劫持了自由的——鸽子
你本身就是自由

我刚刚飞翔而来
为了一个如梦的憧憬
而你，众神裙裾下的流浪汉
本身就是幸福的旅程

我是语言的拥有者
在陌生的人群中选择缄默
而你亲近任意的人种
你本身就是爱情

我按时飞翔而来
又将按时飞翔而去

而你是时间的——劫匪
你本身就是时间

在协和广场[①]，你是王者
所有穷人和富人的情人
你是大大地无所谓的
一块面包或一粒钻石的闪光

相遇，是生命的奇迹
错过，是生命的本色
和平共处，一瞬千金
自由属于平凡的一群

你的巢呢？你的伴呢
和平的使者，一世悠闲
而我在超速的飞翔中已近将死
——"费厄泼赖，应该缓行"[②]

2010 年 9 月

---

① 位于巴黎市中心、塞纳河北岸，是法国最著名广场和世界上最美丽
的广场之一。
② 鲁迅语。

我，怀抱着罗马①——

罗马，有城门的罗马
——断壁残垣，蔽日遮天
神奇的罗马人，罗马人
你是怎样凝固了这三千年？

你啊，坍塌了半壁的斗兽场②
你啊，孤独的图拉真石柱③
残痕累累的君士坦丁凯旋门④
断瓦碎石的各色殿堂⑤

我祈祷我的心此刻麻木一些啊
免得因为惊喜或羞愧而变得疯狂

你这历史的不朽的肉体
带着人类三千年的体温
陪伴着千年来建功立业的勇士
陪伴着失败者，那些无名的人

---

① 意大利首都，有近三千年的历史。
②③④⑤ 罗马古迹。

陪伴着每一头死去的大象、狮子

每一个罪犯，每一个囚徒

罗马人的千年捍卫，使你——

成为自然中的自然

你陪伴着春天里遍野的雏菊①

陪伴着缓缓流淌的台伯河②

陪伴着罗马之父那善良的狼③

陪伴着活化石——拉丁语④

陪伴着尤瑞纳斯、盖亚、俄刻阿诺斯⑤

古老的智慧的罗马，绝望地

注视着孤独无助的地球村

人生短暂、容颜易老的人类

贪婪自私、爱好掠夺的人类

蔑视自然、毁灭自然的人类

被金钱装扮、面目全非的人类

人类，繁华似锦的人类

从愚蠢的角逐中醒来的人类

放下屠刀，立地成佛的人类

---

① 意大利国花。　④ 古罗马语言。
② 罗马的母亲河。　⑤ 天空之神、地球之神、海洋之神。
③ 罗马传说。

主宰地球，又归顺地球的人类
终是拜倒在历史脚下的人类

罗马啊，我的幸福的白日梦……
时间，在米开朗基罗的手指上入睡了
罗马，抱着温暖的地球
我，怀抱着罗马——

2010 年 9 月

想妈妈

妈妈，我愿倾其所有
换取你一刻生命

一

当群山落尽繁华

野兽们无家可归

妈妈，戴着你的王冠来吧

住在我的嘴唇上

二

你是南风住进我的身体

你轻轻的笑

骨肉荒原就开满野花

妈妈，我与你飞翔，无牵无挂

三

想你时阳光很结实

撞疼面庞

玉米地和红葡萄叫着你的小名
妈妈，你在 66 年的长街上来来往往

四

我的手像瞎眼的小鸟
在空虚中打捞你的气息
妈妈，你化作大雨倾盆吧
就赤着脚，走进白衣庵胡同里

五

我的四肢空无一物
梦也无处站立
你带走了那颗剥开的果实
妈妈，我已把儿时的圆桌擦干

六

你用时间编织图形
你把时间分成两千种颜色
妈妈，苦难也被你分成千丝万缕

炊烟在你手中光芒四射

七

思念，这疼痛的岩浆
我要送你到印度洋
我要把你种进 100 个国家的土壤
妈妈，看见雨水就看见了你的模样

八

逃出故乡，我和我的诗
被繁星一饮而尽
妈妈，我与你同住在光里
把来生洞穿

九

一千只鸟衔来露水
织女和嫦娥是露水的伴娘
露水清洗妈妈
妈妈清洗地球

2012 年春节，北京通州宋庄

致观众
——写在诗人画展开幕之日

一

2012，预言，预言，预言……
而人类百口莫辩
试想，是否要抢劫
上帝抛出的最后一枚小钱

人类自知罪孽深重
香火明灭许下亿万个心愿
而欲望像坏了闸的跑车
沿悬崖飞驰

二

谁的手能洗净心灵？
谁的目光可把未来洞穿？
谁的想象能猜中上帝的意图？
谁的善心可化解危难？

谁能啊
谁能啊
谁能让贪婪的人类停止杀戮
与众生平等结缘？

诗人啊，如果你还能活一年
你是否可做此事？
如果你还能活一天
你是否可描述这个答案？

三
是的，今天——2012 初始
诗人的答案封在这彩色的迷宫
谁能穿过火焰取到钥匙
从地狱这边到地狱那边？

你啊，看到光了吗？
看到光了吗？
请耐心些，再耐心些，寻找
直到"你妈喊你回家吃饭"……

2012 年元月，北京通州宋庄

二十问

序言

当语言走到尽头
我等待天象降临

第一章

什么东西美艳无毒色？
什么东西有功就是过？

什么东西对了就是错？
什么东西是福就是祸？

什么东西多了就是少？
什么东西没有就是好？

第二章

什么东西是永远的黑？

什么东西是永远的白？

什么东西永远不说话？
什么东西永远不能猜？

什么东西永远无答案？
什么东西一去不再来？

第三章

什么样的粮食会流泪？
什么样的歌最隐晦？

什么样的面孔生如死？
什么样的许诺最惭愧？

什么样的数据是狗屎？
什么样的口号最无耻？

结局

呵, 呵, 什么样的"草泥马打败了河蟹"?
什么样的房子是草泥马的家?

2011 年 12 月 25 日, 北京通州宋庄

福泉三叹

古石桥叹

福泉现存明清古石桥 130 余座。

多少修桥人缝缀了沟沟壑壑，
祈盼家国圆满，人伦圆满。
可是山河啊，有多少福祉就有多少灾祸，
有多少财富就有多少磨难⋯⋯

多少修桥人最终无路可走，
多少又化作桥匍匐人间——
石桥，这不朽的智者垂垂老矣了，
唯有刮过桥上的风，自由新鲜——

2018 年 4 月 8 日

古城墙叹

福泉 1391 年建成的石城，已 600 余年。

城墙，你不朽的美色压在我心上，
你，你是人类不能自愈的伤。
草民相残，城池得失，
朝代更迭，沧海桑田……

今天是物种消亡，种族大战，
明天是人类逝去，复归天然。
城墙、你衰老的灌注了鲜血的身躯，
将成为地球上最后的美人儿——

2018 年 4 月 8 日

古银杏树叹

福泉市黄丝镇李家湾，有一棵被称为"白秀才"
的古银杏树，树龄 4500 年。曾九死一生，被
山民救活。

白云为冠的王，
以祖国的鸟鸣为家。

在雷劈中轻轻地垂目，
在火烧中静静地打坐……

秋，准时而来，
垂下成熟的双乳，
任迟暮的才子，温情的才子
把金色的眼泪流干……

根深蒂固的王，
活生生地面对死，
一无所有
富可敌国——

2018 年 4 月 10 日

梨树人、玉米和诗人的纪念碑
——写在吉林省梨树县玉米黄金带上

一生在阳光下合欢，
怀抱自己的黄金——

一生在黑暗中守岁，
怀抱自己的黄金——

一生在风雨里沉浮，
献出仅有的黄金……

2013 年 8 月

编后记

编完所有书稿后,已经是 2024 年的初秋。暑热褪尽,落叶纷披。从 2022 年初开始动念编选《伊蕾集》,至今已是两年有余。看着眼前厚厚的书稿,终于可以坐下来写几句编后感了。

但突然又陷入了失语,一时不知如何下笔。

每次想起伊蕾,她离世前的镜头就一直在我脑海中闪回。那个冰岛的夏季的黄昏,她对着窗外的夜空说:天晚了,该休息了。然后轻轻拉上窗帘,同时也拉上了人生的帷幕。她精彩的人生突然谢幕,让人猝不及防。我时常在想,她想到过自己会以这样的方式离开人世吗?她离开时会有遗憾吗?她还有什么要交代的话吗?

关键是,她会同意我编选她的诗文集吗?

我想她会同意。她只是没来得及交代。对于亡友没有来得及交代的人生憾事,我觉得我有责任替她去完成。既为了一个优秀诗人的伟大创造,也为了这小小的友谊与嘱托。

伊蕾是一个什么样的人呢?她的生命中有几个

关键词：美、自由和爱。她的生活总是很有仪式感，虽然从不富裕，但她对生活细节的要求却从不马虎。她的生活里总是充满了鲜花、美酒和诗意。她是个如此热爱生活的女人，一个热情、友善、大气的女人，始终充满激情和爱意。她的朋友很多，生活里的朋友，写作上的朋友，艺术圈的朋友，甚至还有一些商界的朋友。但我相信，她对自己身份的认同，始终都是一个诗人。她以诗人自视，也会以诗人存世。伊蕾作为一个"人"被朋友们怀念，她也必将作为一个"诗人"被历史所铭记。

在伊蕾的诗歌生涯里，1986是个特殊的年份，她不仅在这一年完成了其著名的长诗《独身女人的卧室》，还相继创作了《情舞》《被围困者》《叛逆的手》等一系列质量整齐、情绪饱满的诗作。这是她诗情喷发的高潮期，仿佛在她的生活里包着一团火，就要将生活烧出个洞来。在这一年，她喊出了两句惊世之语："你不来与我同居"（《独身女人的卧室》）和"我无边无沿"（《被围困者》）。第一句因其禁忌性十足而惊世骇俗，使她成为新时期"女性写作"的代表。而在我看来，后一句才是伊蕾最赤裸本真的个性告白。"流浪的生活是自由

的生活 / 流浪者的法律是自由万岁"（《情舞》），"我
不属于任何一块领地 / 我要走遍天下 / 我无边无沿"
（《被围困者》）。伊蕾的抒情直接而赤裸，绝无遮
掩与缠绕，这看上去略显老套，但在传统的抒情方
式下却有一颗完全不同的心。这也是伊蕾最为可贵
的地方，她将诗写成了"生命抒情诗"，她的诗写
与她的命运奇妙地吻合、统一起来。《独身女人卧
室》在生活流的表象下，涌动着人性的、情欲的暗
流，和对人生完整性的吁求。人生的分裂和不完整
性随处可见，如果需要顾影自怜她就打开镜子（《镜
子的魔术》），如果需要描绘自己她就做自画像（《土
耳其浴室》），"如果需要幸福我就拉上窗帘"（《窗
帘的秘密》)，"我在自画像上表达理想"（《自画像》），
如果需要品尝孤独就在"独身女人卧室"里练习独
唱（《星期日独唱》）。她在想象中完成一次次迁徙，
又在孤独的暴雨之夜"放弃了一切苟且的计划"，
让生命放任自流……在每一个充满女性独立身份意
识的告白中，突然加上了一句"你不来与我同居"，
冲突、悖论和脆弱意识凸显。"我怀着绝望的希望
夜夜等你 / 你来了会发生世界大战吗 / 你来了黄河
会决口吗 / 你来了会有坏天气吗 / 你来了会影响收

麦子吗 / 面对所恨的一切我无能为力 / 我最恨的是我自己 / 你不来与我同居"，自我辩驳、怨愤、独白夹杂在一起，带来了一种深刻的悲剧氛围，"不安定因素从此诞生"（《情舞》）。

这一时期，伊蕾诗中的"身体意识"让人印象深刻。"我的禁区荒芜一片 / 没有过生命的体验 / 弱质在星星下不堪一击 / 呼声幽咽，痛快淋漓"（《情舞》），写得的确痛快淋漓，激情而大胆。不得不说，在汉语诗歌中，这种对肉体的直接抒情和礼赞，在伊蕾之前几乎是没有过的。伊蕾的身体抒情不是狭隘的性别意识的觉醒，不是小女子的幽怨，而是更为原始的生命激情的喷发，是真正的"身体写作"。时隔十数年后，当我们这些新一代写作者们玩起僭犯身体伦理的写作行为时，真应该向伊蕾加额致敬。她是那么本真、率性而勇敢地开阔了汉诗的抒情范围，让人不由想起为蛮荒时代的美国诗歌立法的惠特曼。而惠特曼也正是伊蕾的精神偶像，"和你在一起 / 我自己就是自由！ / 穿过海洋，走过森林，跨过牧场 / 我会干各种粗活 // 看着你 / 像看我自己那样亲切而着迷 / 你的额头，你的健壮的脚趾 / 如同我的一样美丽 // 我和你，和陌生的男人女人们

在一起 / 和不幸的、下贱的、羞耻的人们在一起 /
在一个被单下睡到天明"……（《和惠特曼在一起》）
在汉语诗人里，从惠特曼那里找到精神资源的诗人
不在少数，但真正在灵魂上、在对世界的认识上、
在日常行止间能够与惠特曼息息相通的，却不多。
伊蕾肯定是这少数中的一个，她是那么热爱惠特曼，
仿佛热爱她自己、热爱自由本身："惠特曼 / 如果
地球上所有的东西都会腐朽 / 你是最后腐朽的一个"
（《和惠特曼在一起》）。

　　在汉语新诗史上，1989 年是个拐点。自这一
年开始，伊蕾的写作也明显放缓下来，并进入一种
更为开阔、有力、富有历史意识的抒写方向，而不
再局限于女性自我意识的觉醒和身体经验的表达。
我是多么希望这是一个开始而不是高潮或者尾音
啊，然而到了 1992 年，伊蕾做出了一个大胆的举
动，她再一次脱离日常生活的常轨，将自己放逐到
俄罗斯大地。她也以此实现了自己的梦想——"我
无边无沿"。关于她在俄罗斯的生活，那是另一段
传说，她在自己的"俄罗斯日记"里所言甚详，按
下不表。她在莫斯科写下的第一首诗题名《复活的
日子》，"复活的日子 / 是在冰天雪地的时候 / 当

我燃尽了心脏／当我用锋利的语言自戕／复活的日子是在第三个晚上／……我有生第一次轻信／是因为我遇到了根／一个不朽的声音／涉—海—而—来／复活的日子是在永生的岸边——"一个新的伊蕾似乎就要在异乡复活了，但我知道，自这一年开始，她几乎停止了写作。生活与写作既是一种搏斗，也是一种讲和，两者能否相互成就，端赖命运的神秘安排。

作为一个诗人，她已在自己的时代完成了自己，完成了与时代精神相辉映的伟大创作。她的写作比同时代的女诗人更加真诚和热烈，更加自由奔放。她敢爱敢恨，事实上更多的是敢爱，她很少有恨，在她所有的诗作和日记里，你几乎很难找到一个"恨"字。她热诚待人，爱朋友，爱同行，爱邻人，她真正做到了"爱人如己"。她努力开拓个人生活的自由半径，不仅要美，而且要自由、尊严、体面。她确立了一种个人的生活风格，即便在不写诗的年月里，她作为诗人的风格依然是鲜活的。每个人都有一个独属于自己的时代，你不可能要求自己超越时代而自我永恒，做千秋万岁名的梦。伊蕾从不做此幻想，她努力活在当下，活在每一个美的、诗意的细节中。不仅仅是她的作品，更是她的生活方式，她选择的人生道路，激励着更年轻的一代人，勇敢地去追求自己的生活道路，不从众，不堕入庸俗，在每一个人生阶段都努力去绽放自己，做真实的自己。这种伟大的品格更像她的偶像惠特曼，努力去活出一种个人风格。

她对现实生活很在意，她努力让自己的物质生活充满诗意，不致匮乏。她不愿过那种捉襟见肘的苦行僧般的艺术家生活，所以她会选择去做生意，去做艺术品收藏，去开店。她在俄罗斯的那段生活真是让人动容，拿着从国内运过去的唐三彩、玉石手镯之类的东西，一家家商店去推销，一家家店去收款、补货。你能想象她在莫斯科的地铁中穿行的情形吗？你能想象一个女诗人与店主们讨价还价的情形吗？她都勇敢地去做了。但她又完全不是一个合格的生意人，她有很多天马行空的生意经，完全不切实际，失败在所难免。她以诗人的想象力去碰南墙，失败了也无所谓，她没有很强的挫败感。她对钱很大气，对朋友总是慷慨解囊，有一种千金散去还复来的气概。因此，她既没有发财，也没有穷困潦倒，而是很体面地结束了自己的商人生涯。

她不能容忍自己的生活里没有鲜花，没有玫瑰和美酒。她从不讲求奢华，但生活中的美无处不在。她要过一种属人的生活，有尊严的、体面的、美的、自由的人的生活。她的生活世界布满了鲜花，她的画中也大多是鲜花和美景。她至死都没有属于自己的房子，她走后留下了一堆诗稿、日记和画作，除此之外，她别无长物。但她为朋友们留下了最珍贵的礼物，那就是无尽的情谊和思念。

我至今记得和伊蕾最后相处的一段情景。那是2018年春天的时候，伊蕾说想在天津买所房子，让我有时间带她转转。她漂泊多年，一直没有自己的房子。她曾经有过自己的房子，然后卖掉去旅行了。现在，她想安定下来，想给自己一个稳妥的晚年。我问她有什么要求，她说没什么要求，只需要有个院子，"像俄罗斯那，我们在自己的国家都没有立锥之样的院子"。只需要有个院子，这要求不高，但也够奢侈了。

那年五月的时候，我带她转了几个别墅区。只有别墅有院子，但都不大。她似乎有些动心，但动辄几百万，我还是觉得太贵了。问她有没有充裕的资金，她说还没有，但她有收藏的画，"卖一幅就够了"。我将信将疑。但这就是伊蕾的风格,她一分钱没有,也敢于去追求自己想过的生活。首先要把画卖掉,但怎么卖,能卖多少钱,谁也说不好。然后这事就暂时放下了,她开始忙着周游世界。六月去了南美。七月去了欧洲。她要完成周游一百国的梦想。

六月初,我们一起很快活地搞了首届天津芒种诗歌节,约了几位老朋友来。那几天真是很开心。她在宋庄的工作室租期临近,我们又约着在她的工作室聚了一次。她真是个高贵又浪漫的女人,为我们准备了一席俄国风味的西餐。赴欧之前,我们以《汉诗界》的名义,在编辑部搞了一次冷餐会,那天下了大雨,伊蕾主厨,准备了鲜花、美酒和西餐。那次真开心啊,我们还在雨中烤串吃。然后约着等她欧洲回来,我们在月底再聚一下。我们还有很多计划。主要是,每次聚会都那么开心。伊蕾是一个能够为周围的每一个人带来愉悦的女人。

我们二十年前刚认识时,她跟我说,她的生活"无边无沿"。那时候她还年轻。她其实一直年轻。想想她都已经六七十岁了,我们从无意识,只觉得她还年轻。周围的朋友无论多大年纪,都直呼她大姐，伊蕾姐，伊蕾。我们都忘了她也会变老。但她确实也不像个老人，她太有活力了，太有感染力了。

然后是 2018 年 7 月 13 日黄昏，好像整个华北都在下雨，我刚刚走下火车，就得到了关于她的坏消息。感觉有些招架不住，在车站广场默默流泪……

茨威格在纪念里尔克的文章里写道："在我们的时代，纯粹的诗人是罕见的，但也许更为罕见的是纯粹的诗人存在，一种完整的生活方式。谁有幸见到在一个人身上典范地实现了创作和生活的这样一种和谐，谁就有义务，为这种道德上的奇迹，给他的时代和也许给此后的佐证做出贡献。"伊蕾就是这样一种罕见的、纯粹的典范。虽然她的离去方式有些突然，虽然她还可以为我们示范一个精彩的老年，虽然这一切都已来不及，我依然觉得，她度过了精彩的一生，她的离开方式也足够精彩，这符合她的风格和命途。她不会缠绵在病榻上离开人世，不会让自己的人生不美。我不知道如果她意识到自己要离开这个世界时想说些什么话，我觉得她会对世界说："我在这个世界度过了精彩的一生。"愿她安息。

　　我是在她结束了在俄罗斯的生涯才真正与她结识的。那是在千禧年前后，她从俄罗斯带回了一大批油画，在天津的一个商业区做了一个美术馆，命名为"喀秋莎美术馆"。这个馆完全免费对外开放，里面有她的很多藏品，也有一些她自己的画。那时候她已经开始画油画。她对画画完全没有专业训练，她就是买来颜料和画布直接开画，"一开始连油彩怎么铺到画布上都不懂"，这符合她的风格。她同时也鼓励我去画画，"不用学，直接画就行"。我的两个诗人朋友在她的鼓励下开始画画，我却始终没有行动。

　　她有一个夙愿，就是要在自己的有生之年，走遍全世界一百个国家，践行自己"无边无沿"的自由生活，在有生之年看遍世界之美。她已经旅行了67个国家，在她67岁这一年，她来到美丽的冰岛，她旅行的脚步也最终终止在这里。虽然并不完美，虽然有点缺憾，但我相信，她会喜欢冰岛，让自己的生命在这么美丽的地方结束，她不会有太多遗憾。只是她离开的方式有些特别，让朋友们一下子难以接受。但这就是她的风格吧。其实想想也觉得挺好的，一个人消失在自由自在的旅途中，身影渐渐模糊了，这个世界再与她无关。我们早晚都要离开，早一点晚一点也没什么。只是离开的方式，和要去的地方，多少还是有点重要。要有自己的风格。伊蕾就是太有自己的风格了。有时候必须无限美化她离去的方式，才能接受她已离开的现实。我还没去过冰岛，希望那里是天堂的模样。

　　她离去后，有太多的朋友为她写下了伤感的悼文和回忆，也有太多的赞词和怀念。我肯定不是她生活中最亲密的朋友，也不是她诗歌的时代知音（若说知音，早她几年离世的诗评家陈超更能当得）。我斗胆起意编选她的诗文集，是觉得自己有责任担起亡友的遗愿，不能让她精彩的作品湮没于时代和人世，不能让她精彩的人生风格消隐。她当得起在世的荣誉和后世的纪念。

　　关于《伊蕾集》的编选事宜，在这里稍作交代。

　　《伊蕾集》按照作品内容和体例，分作三卷：诗全集、日记和随笔、画作。"诗全集"是伊蕾一生创作的精华，包含她生前出版的几部诗集：《爱的火焰》《爱的方式》《独身女人的卧室》《叛逆的手》《伊蕾爱情诗》《女性的年龄》《伊蕾诗选》等，以及从她的手稿中整理出的一些未刊稿。编排方式基本以时间为序，尽量保留其最初发表时的样貌。有些不合编辑规范或审查要求处，编者做了部分删改，并以"编者注"的方式略作说明。"日记和随笔"分册，日记部分是主要内容，按时间顺序编选，分为"早期日记""俄罗斯日记""宋庄日记""旅游日记"等，除少数涉及个人隐私内容稍作删除外，基本原样呈现。"画作"分册收录了伊蕾全部个人画作，并附录了一些友人写的怀念文章，以及梁鸿星、孙桂珠编撰的"伊蕾生平和创作年表"。

在整理伊蕾的遗作时我发现，她很少写文章，她几乎把所有心思、情愫都写进了诗里，画进了画里。除了有限的几篇读书笔记和诗集的序跋，她很少留下文字。但她留下了大量日记，从早期的知青时期，一直到后来的宋庄时期。她还保留着大量诗友们写给她的书信，她对友情的珍视由此可见。书信部分因涉及个人隐私及"往来书信"收集颇费时间，这次未能收录，稍留遗憾。伊蕾的创作生涯，大致可分为早期的知青生活、八十年代的诗歌狂飙时期、九十年代的俄罗斯生涯和后来的画家生涯。几段分期很鲜明，她的生活和她的创作几乎是同步的，一体的。

最后要特别感谢为《伊蕾集》的编选工作提供各种帮助的朋友们。在起意编选《伊蕾集》时，傅国栋兄是最早的支持者和参与者。傅兄曾与伊蕾在天津作家协会同事多年，彼此莫逆，交情很深。伊蕾离去后，我们曾共同为伊蕾做了一些事情。在编选过程中，伊蕾的家人为我们提供了诸多帮助，尤其是伊蕾的胞妹孙桂珠女士，拖着病体参与书稿的整理和校改，为这部文集倾注了大量心血。摄影师张寒衣为我们拍摄了所有伊蕾画作，诗人梁鸿星广为搜集、几易其稿，精心编纂了《伊蕾生平和创作年表》，诗人、翻译家李寒兄为我们翻译了伊蕾日记中的大量俄语内容。"美好城邦工作室"的伙伴吴琼、杨艳坤、李让参与了文集的编辑整理工作，设计师玥瞳担任了全部三卷文集的排版和设计工作。另外还有王艺宸、梁佳怡担负了伊蕾日记和手稿的录入和整理工作，都极费心血，在此特别鸣谢！

《伊蕾集》的出版更离不开天津人民出版社的热诚担当，他们有胆有识，充分认识到伊蕾的价值，她不仅是天津的、时代的，更是汉语的、世界的；"伊蕾"不仅是一个诗意的标识，更是一种生活方式、生存态度的典范。在此感谢天津人民出版社王轶冰副总编辑、张璐主任，感谢这部文集的主要推动者伍绍东兄，感谢责编苏晨女士、康悦怡女士等。

伊蕾仙逝冰岛之后，我有很长一段时间缓不过神来。也曾断断续续写了点文字，但大多不成篇。随着时间流逝，在内心里也渐渐接受了她离去的事实，有时候静下来想想，甚至觉得她这也算是种诗意的解脱吧。然后就开始为她准备一些纪念活动，并期待她的魂兮归来。

我还记得去殡仪馆为她送别的那天，天气格外炎热，很多朋友从四面八方赶来。她交往广泛，人缘极好，在临别之际，能有众多友朋簇拥相送，也是种福报。最后为她献上几束白玫瑰，转身离开大厅。周围的人群渐渐模糊，嘈杂声一下子静了下来，眼泪将天空洗得透亮，我仿佛听到她在叫我的名字，和平时一样熟悉……

伊蕾身后没有留有墓地，她的骨灰最终撒入大海。这也许是一个自由的灵魂最美好的归宿吧。

伊蕾大姐，祝你开心。

朵渔
2024 年秋，天津